Mme MARIE DE GRANDFORT

OCTAVE

COMMENT ON S'AIME

LORSQU'ON NE S'AIME PLUS

PARIS

LIBRAIRIE NOUVELLE

BOULEVARD DES ITALIENS, 15

—

A. BOURDILLIAT ET Cie, ÉDITEURS

1861

OCTAVE

OUVRAGE DE Mme MARIE DE GRANDFORT

EN VENTE A LA MÊME LIBRAIRIE

L'AUTRE MONDE, 1 vol. de 320 pages... .... 1 fr.

Paris. — Imp, de la Librairie Nouvelle, A. Bourdilliat, 15, rue Breda.

Mme MARIE DE GRANDFORT

OCTAVE

COMMENT ON S'AIME

LORSQU'ON NE S'AIME PLUS

PARIS

LIBRAIRIE NOUVELLE

BOULEVARD DES ITALIENS, 15.

A. BOURDILLIAT ET Cie, ÉDITEURS

1861

OCTAVE

I

Lorsque je l'ai vue pour la première fois, elle
avait douze ans, moi j'en avais treize. C'était pendant
les vacances qui la ramenaient chaque année près
de sa mère. J'aurais voulu jouer avec elle, mais
elle, déjà sérieuse, préférait les causeries de ses
compagnes, dans les allées du parc. Nous étions
tout à fait voisins, et chaque jour me ramenait dans
sa maison. Sans pouvoir me rendre compte du sentiment que j'éprouvais, je recherchais avec un soin

extrême les occasions de l'apercevoir, ne fût-ce
que de loin, au tournant de l'allée. Elle était fort
grande pour son âge, et quoique ayant un an de
plus qu'elle, je me sentais inférieur, au point de
me troubler et de rougir sous le regard déjà rêveur de ses grands yeux. Elle partit et je pleurai
longtemps. Il me semblait que tout m'eût abandonné et que le château fût devenu désert.

L'année d'après nous la ramena jeune fille. Elle
devint plus dédaigneuse, moi plus timide et plus
rougissant; déjà les jeunes gens commençaient à
la remarquer, et je prenais un vif plaisir à troubler
leurs mystérieux entretiens. Comme ils étaient
tous ou alliés ou amis intimes de la mère de
Marianne, ils avaient la plus grande liberté, et dans
ces provinces reculées où la corruption élégante
n'est point encore parvenue, une jeune fille n'avait
rien à craindre au milieu de ces grands jeunes
gens qui la respectaient tous et dont quelques-uns
l'aimaient en secret.

Mon éducation, faite sous les yeux de ma famille

par un homme éclairé, mûrie par les tendresses
d'une mère nerveuse et maladive, me faisait, malgré mon jeune âge, l'égal de ces hommes de dix-
huit ans. Mais Marianne ne pouvait oublier qu'une
année seule marquait là distance de nos âges, et
elle m'eût volontiers offert des pralines, ou donné
des gâteaux pour me récompenser d'avoir, dans le
torrent, ramassé une fleur qu'elle aimait, ou de lui
avoir rapporté le nid de chardonnerets qu'elle
avait remarqué la veille, à la cime du grand peuplier qui, les jours de pluie, battait sur sa croisée
fermée.

Ce ne fut que lorsqu'elle quitta le pensionnat et
revint cette fois définitivement chez sa mère, que
je sentis vraiment que je l'aimais. Elle avait quinze
ans. Elle n'était pas régulièrement belle, mais ses
cheveux blonds couraient le long de ses tempes
avec des reflets d'or. Le regard le plus pur, un
beau regard d'azur tombait de ses longues paupières ; sous sa peau très-blanche courait un sang
bleu. Un vrai sang de patricienne.

L'ovale de son visage était d'une suavité presque divine. Sa taille, trop frêle, se courbait, mais elle avait dans sa ténuité même un grand charme. Que vous dirai-je? elle n'était peut-être pas telle que je vous la dépeins, mais c'est bien ainsi que mes yeux la virent — poétique, gracieuse, plus semblable à une nymphe qu'à une femme, car toutes me semblaient vulgaires près d'elle.

Pour moi j'avais beaucoup grandi et je la dépassais de la tête. J'étais fort et robuste et je l'eusse facilement soulevée dans mes bras comme une enfant qu'elle était encore. Je n'oublierai de ma vie le premier regard qu'elle jeta sur moi lorsqu'à son arrivée j'accourus chez elle : de brillant il devint timide, et lorsque je m'approchai pour l'embrasser ce fut à son tour de rougir. J'étais aussi tremblant qu'elle, mais ma dignité me donna la force de cacher à tous les yeux l'étendue de mon émotion.

— Quoi! c'est Octave, s'écria-t-elle; comme il a grandi!

Puis, avec sa malice habituelle :

— Je n'oserai plus vous donner les dragées que je vous rapportais, me dit-elle.

— C'est moi qui désormais vous en offrirai lui dis-je en la regardant.

Elle accepta cet échange, et que de fois depuis ce jour n'avons-nous pas ensemble mangé les bonbons que je jetais dans son tablier, autour duquel venaient s'abattre une troupe gourmande et rieuse de cousins et d'amies !

Nous faisions de longues promenades, et naturellement c'était moi qui me trouvais à son côté lorsqu'il y avait un ruisseau à franchir, ou un coteau à gravir. Elle était joyeuse et charmante. Nulle n'était plus imprudente et plus hardie, on eût dit que forte de sa propre puissance elle eût pu tout braver, l'eau et le feu, sans danger aucun. Un jour, tandis que tout le monde était à la messe, le feu prit à côté de la chambre où elle était couchée. La vieille Marguerite entra effrayée et lui cria de se lever en toute hâte.

— Y a-t-il quelqu'un qui soit occupé à l'éteindre ? demanda-t-elle sans quitter le livre qu'elle lisait.

— Ou , mademoiselle, Pierre et le jardinier jettent du foin mouillé dans la cheminée.

— Eh bien ! tu viendras m'avertir lorsque ce sera fini, dit l'enfant en reprenant sa lecture.

Ce calme inouï ne s'étendait chez elle qu'aux choses physiques. Si l'incendie, si un cheval emporté, si un désastre quelconque la laissait indifférente, la moindre peine morale la mettait hors d'elle-même. Un mot sec, un reproche, un appel à son cœur la faisait fondre en larmes, et longtemps après que ses pleurs étaient séchés, la tristesse et l'abattement la faisaient se refuser à toutes espèces de jeux. Elle se renfermait en elle-même avec une sorte de désespoir muet qui effrayait sa mère et me mettait en fureur. J'étais déjà jaloux de ses émotions, et il me semblait que j'aurais éprouvé à la voir pleurer pour moi une joie indicible. Mais qu'elle était loin de là !... J'avais beau grandir, j'étais encore pour elle le turbulent écolier qui

troublait ses rêveries, mais dont, dans ses moments
de bonne humeur, elle aimait partager les jeux. On
m'appelait son page, et elle en souriant me donnait des ordres, et me disait d'un ton impérieux qui
allait à ravir à sa figure un peu hautaine : Je le
veux. Et pour me récompenser de ma soumission,
elle me tendait quelquefois avec une candeur d'enfant, sa joue fraîche où j'osais à peine poser mes
lèvres.

C'étaient là mes grandes émotions. O joies !
ô souvenirs de mon adolescence ! que vous m'êtes
restés présents ! ô matinées embaumées où courant dans les sombres forêts de sapins, je baisais la
trace légère de ses pas !... Nous revenions les bras
chargés de bruyères roses, et des fleurs du né-
nufar arrachées au lac endormi ! Sur nos cheveux soulevés par la brise, la rosée brillante des
arbres avait jeté ses perles ! Nous traversions les
prairies où paissaient déjà les blanches génisses
et les taureaux orgueilleux ! La fillette au jupon
rouge qui filait au pied de l'arbre, enfant gardienne

de ce troupeau, nous saluait à notre approche d'un
gai sourire et du refrain d'une chanson. — Marianne s'approchait d'elle, secouait sur sa tête bru-
nie ses gerbes humides, et lui jetait en s'en allant
une branche fleurie... Les bois retentissaient des
jeunes accents de nos voix mêlées, et l'écho les ré-
pétaient aux rochers voisins... Quels déjeuners sous
ces grands arbres, à cette simple table de famille
où sa jeune mère, que j'appelais aussi la mienne,
apportait sa grâce et sa beauté !... Nous étions tous
enfants, et le *vin de la jeunesse* colorait nos fronts
d'une ivresse divine !... O bonheurs envolés !...
O souvenirs enfouis ! vous revenez à mon cœur
comme la bouffée d'air qui m'apportait sur le coteau les parfums des héliotropes et des roses de
son jardin !...

Comme j'allais vers elle ! Comme mon cheval
était habitué à prendre au galop la route la plus
courte ! Nous arrivions haletants, et tandis que je
jetais au vieux Pierre la bride de Nadége, Marianne
souriait à l'écart ou me lançait, suivant son caprice,

un mot malin. Sa mère, attendrie, venait vers moi
et passait sur mon front son mouchoir tout parfumé.
Elle me grondait doucement, comme on gronde un
enfant bien aimé, avec des caresses dans la voix :
« Comme il a chaud ! » disait-elle, et elle exigeait
qu'on s'assît près d'elle, sur une petite chaise basse,
jusqu'à ce que mon visage eût repris sa pâleur accoutumée et mon cœur ses tranquilles battements.

Un soir, que nous étions tous rassemblés dans la
vaste salle du château, il y eut un grand orage. La
foudre passa plusieurs fois sur nos têtes, et ses
éclats nous faisaient tressaillir. Les jeunes filles,
effrayées, s'étaient réfugiées près de leurs mères,
qui elles-mêmes, à chaque nouvel éclair, faisaient
lentement en fermant les yeux un pieux signe de
croix. Marianne était restée seule au fond du
salon. Assise sous le portrait d'un vieux guerrier,
elle regardait les éclairs et semblait seulement
en proie à un malaise physique. Je me rapprochai d'elle sans qu'elle parût s'en apercevoir. Sa
mère quitta aussi le coin de la cheminée et vint ca-

cher sa tête dans les plis d'un rideau que Marianne
soulevait, pour mieux voir le sinistre aspect de la
campagne éclairée par les feux du ciel. L'orage
redoublait d'intensité, et malgré mes instances Marianne regardait toujours. Il y avait une sorte de
fascination en elle; elle était la proie de quelque
charme étrange, car tandis que son corps reposait
sur son fauteuil, son âme semblait errer dans les
bois sur l'aile des vents, ou rouler dans les mystérieuses profondeurs de l'ouragan. Je pris sa main,
elle était froide; son visage était pâle et ses yeux
immobiles. Inquiet de cet état, j'allais lui parler,
lorsqu'un coup de tonnerre, plus violent que les
autres, ébranla le château. Nous nous trouvâmes
enveloppés de feu : la foudre était tombée sur le
peuplier de Marianne. Elle fit un mouvement comme
pour s'élancer vers la fenêtre ; mais se rejetant tout
à coup en arrière, elle vint avec un grand cri cacher
sa tête dans mes bras. Ses mains s'étaient cram-
ponnées à moi, et ses yeux s'obstinaient à rester
fermés, comme pour fuir un spectacle d'horreur.

« O ma chère Marianne ! m'écriai-je, voyez à quel danger nous avons échappé ! » et je tâchai d'attirer sa vue sur le pauvre arbre mutilé par deux immenses sillons noirs ; mais elle n'entendait plus, et bientôt des sanglots vinrent soulager sa poitrine. Nos jeunes compagnes, remises de leur frayeur, s'amusaient de la sienne. « Non, je n'ai pas eu peur ! s'écria Marianne avec véhémence, non ; tandis que vous cachiez vos têtes dans le sein de vos mères, moi je regardais la terre et je cherchais à surprendre son secret ! Dans cette terrible colère de la nature il me semblait que je ne pouvais rester indifférente, et j'écoutais ces grandes voix avec un muet recueillement. J'entendais les plaintes des forêts et les mugissements impuissants de la rivière, les cris de la terre labourée par les vents ; le courroux du ciel me semblait injuste et cruel, et j'étais prête à le maudire, quand je me suis vue environnée de flammes ; je ne sais quel mouvement m'a jetée là, ajouta-t-elle en montrant la place où elle s'était réfugiée, cela a été involontaire. »

Sa voix était profonde et ses lèvres émues tandis qu'elle parlait. Moi j'écoutais à peine, car je sentais encore chaude sur mon cœur la place de sa tête embaumée ! Que de fois n'ai-je point tressailli au souvenir de ce moment ! Avec quelle anxiété me suis-je demandé pourquoi elle avait choisi mes bras pour refuge, tandis que sa mère lui tendait les siens ? Mais qui expliquera les mouvements de ce cœur mobile et profond comme la mer et tourmenté comme elle !

L'amour que j'éprouvais pour Marianne était d'une chasteté sévère, et quoique je ne l'aimasse point comme ma sœur, je n'aurais jamais eu une pensée hardie.

J'étais jaloux de sa pureté, elle me semblait inhérente à elle, et lorsque quelquefois j'étais forcé de penser qu'elle se marierait, je sentais la rougeur me couvrir le front, et je courais vers elle comme si je devais l'avertir du danger qui la menaçait. Je ne pouvais penser que jamais elle devînt ma femme, mais j'avais au fond du cœur des es-

pérances vagues et inexpliquées qui s'évanouis-
saient aussitôt que je les voulais fixer. Quoique
Marianne ne me traitât plus en enfant, je sentais
néanmoins que je n'avais aucune importance à ses
yeux, et je voyais clairement qu'entre les autres
et moi elle faisait peu de différence.

Les beaux jours allaient venir, et déjà les lilas,
la fleur préférée de Marianne, s'entr'ouvaient, lorsqu'un dimanche, au sortir de la messe, nous trouvâmes sur le perron du château un jeune homme
qui attendait. A sa vue, je ne sais quelle soudaine
tristesse m'enveloppa le cœur; et quoique ce fût
le fils d'un ancien ami de mon père, je ne pus que
difficilement tendre la main au nouveau venu.
Rodolphe arrivait de Paris; il nous avaient laissés
enfants, et s'étonnait de voir en moi un jeune
homme. Quant à Marianne, il ne cacha point
l'admiration qu'elle lui inspira, et je la vis rougir
lorsque, se penchant vers elle, il lui parla longtemps à voix basse. Que peut-il donc lui dire,
pensai-je, pour qu'elle soit ainsi émue ? S'il

vante sa beauté, ne l'ai-je point aussi louée ?...
Ne lui ai-je jamais dit que je l'aimais, et que pour
elle je donnerais ma vie ? Mais quelle fut ma surprise lorsqu'en faisant ce brusque examen de mon
amour, je m'aperçus que jamais un tel aveu n'était
sorti de mon cœur, et que c'était à peine si parfois j'avais osé lui dire qu'elle était belle ! Mais
toutes mes actions ne parlaient-elles pas ? Y en
avait-il une à laquelle elle pût se méprendre ? n'a-
vait-elle donc pas compris, la capricieuse fille ? Et
si elle avait compris, pourquoi ne pas se troubler
devant mon amour ?

Je la vois encore telle qu'elle était ce jour où la
douleur me fut révélée ! Elle portait une robe d'un
gris pâle qui sculptait sa taille frêle; ses cheveux
relevés sur le front se massaient derrière sa tête en
une lourde couronne que retenait un ruban de
velours. Elle était plus rose que d'habitude, et ses
yeux brillaient hardiment comme s'ils s'ouvraient
à la joie pour la première fois. Je remarquai sa
démarche allanguie, et sa grâce voluptueuse; on

eût dit que les plis nombreux de sa jupe étaient
trop lourds pour sa faiblesse et qu'une fatigue
extrême en résultait. Troublé par ces idées nouvelles, irrité par son indifférence, je m'élance
comme un fou vers le château. Au moment où
j'entrai, on avait formé une ronde, et c'était au
tour de Rodolphe d'embrasser Marianne. Exalté
par mon cœur et mes sens, je rompis la chaîne, et
prenant Marianne dans mes bras, je posai hardiment, dans mon ivresse, mes lèvres sur les siennes ;
elle poussa un cri, Rodolphe se mit à rire et baisa
sa joue pâlie. Je m'enfuis comme égaré chez
moi, et en arrivant, j'étais en proie à une fièvre
violente.

II

Lorsqu'après trois jours de fièvre et de délire, je revins à moi, je vis mon père assis au chevet de mon lit qui me regardait avec des yeux fatigués par les veilles et rougis par les larmes. — Je me jetai dans les bras qu'il me tendait, et me serrant sur son cœur avec une tendresse passionnée, je lui fis l'aveu de mon fol amour. Voilà cinq ans que je l'aime, disais-je, et j'en ai à peine dix-huit!... mon cœur s'est formé avec ce sentiment et il ne

saurait m'être arraché ; on le briserait plutôt que
d'en ôter le nom de Marianne. — S'il faut que je la
perde, ô Dieu ! s'il est vrai qu'elle en aime un autre, emmenez-moi, mon père, que j'aille mourir
loin de cette infidèle !... Je ne saurais la revoir sans
lui dire que je l'adore, et je ne supporterais son
mépris ou son indifférence sans perdre la raison !...
Des torrents de larmes m'empêchèrent de conti-
nuer...

Mon père me tenait toujours embrassé, et je sentis à une plus vive étreinte combien son cœur m'é-
tait grandement ouvert ! Il attendit que mon émotion se fût calmée, puis il me parla longtemps avec
sagesse et modération. — Il ne me dit pas de ne
plus l'aimer, mais il exalta le dévouement et le
sacrifice de l'amour véritable. Il m'en dépeignit les
joies amères et les chastes récompenses. — Ce ne
fut qu'après avoir longuement parlé de Marianne
qu'il en vint à me dire que j'étais la joie et l'appui
de sa vieillesse ; qu'il mourrait, si je n'avais pas la
force de vivre, et que ma mère était déjà malade

de ma douleur. Il me raconta combien ils avaient souffert tous les deux : les déceptions, les amertumes de leur vie passèrent devant moi, et je vis clairement que j'étais dans le monde leur seule consolation.

— Oui, je vivrai, m'écriai-je, et j'oublierai Marianne et mon funeste amour !... Je vivrai ici pour vous deux, et si jamais je pleure, ce sera de regret d'avoir pu être ingrat et cruel pour vous ! O mon père !... embrassez-moi et recevez mon serment !...

J'essayai de me lever, mais mes forces me trahirent et je retombai sans connaissance... Lorsqu'après quelques jours, je pus enfin sortir, il me sembla que je renaissais à une vie nouvelle. Les arbres avaient leur parure printanière ; les feuilles d'un vert tendre s'étendaient sous les rayons d'un soleil de mai. Le jardin était plein de fleurs éclatantes ; les prés brillaient au loin sous leur frais manteau de marguerites et de boutons d'or ; les oiseaux chantaient et se répondaient d'un arbre à

l'autre avec une joyeuse vivacité... Une tiède chaleur, tout embaumée, se répandait du ciel sur la
terre. Je me sentis heureux de vivre et je remer-
ciai Dieu de m'avoir fait un cœur reconnaissant.

Mon père était avec moi et souriait : il se disait
heureux comme il le fut le jour de ma naissance. Ma mère s'appuyait à son bras et me regardait avec des yeux attendris.. J'avais tout oublié
hormis eux, et il me semblait que mon cœur ne
gardait du passé qu'un souvenir sans amertume,
lorsqu'une bouffée de vent me jeta sur le visage
le parfum vivace du jardin de Marianne !. . Oh !
comme je tressaillis et comme je le voulais saisir au
passage, ce parfum perfide et troublant! Comme je
sentis bien alors que c'était ma vie, au bondisse-
ment de ce cœur que j'avais cru calmé !... Mon cheval était à quelques pas de moi, et je le vis aussi
relever la tête et aspirer l'air avec force. Il semblait
inquiet et frappait le sol. — J'attendis que ma
mère fût rentrée, et nous trouvant seuls, je mon-
trai à mon père d'un geste suppliant, le rideau

de peupliers qui me cachait la demeure de Marianne. Il me comprit :

— Va, me dit-il, l'absence envenime les maux qu'elle ne peut guérir... Octave, souviens-toi seulement que nous t'aimons encore plus que tu ne l'aimes !...

Avec quelle joie je m'élançai sur Nadége. La noble bête semblait aussi avide que moi, et en moins d'un quart d'heure nous étions arrivés. Je trouvai la mère de Marianne seule.

— Nous vous avons cru malade, me dit-elle avec sa bonté accoutumée, et je comptais aller demain avec ma fille passer la journée chez vous.

— Ne viendrez-vous point ? m'écriai-je tout ému. J'ai été malade, en effet, et je serai bien heureux si vous tenez votre promesse.

— Mais oui, nous viendrons, me dit Mᵐᵉ L... en souriant ; je vous charge de l'annoncer à votre mère. Tenez, voilà Marianne ; promettez-lui un livre nouveau et des fraises comme il n'en vient que chez vous, et vous verrez si elle refuse.

Je trouvai Marianne pâlie. Ses beaux yeux, ses tendres yeux bleus étaient entourés d'un cercle de bistre. Je courus à elle, les mains tremblantes. Apprenant que j'avais été malade, elle s'informa de mon état avec affection, et me proposa une promenade sous la charmille, où elle venait de faire élever une sorte de pavillon.

Nous marchâmes longtemps en silence ; chacun de nous avait son secret et le retournait dans son cœur. J'essayai plusieurs fois de parler, mais je me sentais impuissant à rien dire de vulgaire ou de banal. Lorsque nous arrivâmes à cet endroit d'où la vue est si belle, Marianne se laissa tomber sur un banc et cacha dans ses mains sa tête fatiguée.

A la vue de cet abattement, j'oubliai ma souffrance.

— Qu'avez-vous, ma chère Marianne, lui dis-je en mettant sa main dans les miennes. Confiez votre cœur au mien ; ne savez-vous pas combien je vous aime? Votre tristesse me met au désespoir; n'y a-t-il donc aucun moyen de la calmer, que je vous vois si abattue ?

— Hélas ! dit-elle avec un soupir profond, saurais-je seulement vous en dire la cause. Je me sens horriblement malheureuse; tout me peine et m'agite, et cependant je n'ai aucun droit pour verser des larmes. J'ai une mère parfaite, des amis dévoués, et leur amour m'importune presque. Octave! s'écriat-elle, serais-je donc ingrate? N'est-ce point un sentiment pervers que celui qui me force à pleurer sans chagrin, lorsque j'aurais autour de moi tant de douleurs réelles à consoler? Est-ce un pressentiment dont je ne me rends pas compte? Est-ce par intuition que je souffre ainsi? Mais que me réserve donc l'avenir, grand Dieu! si à mon entrée dans la vie je sens l'effroi et la défiance entrer dans mon âme? Ne devrais-je pas être heureuse, moi à qui tout sourit et que tout aime? Ah! ma douleur est impie. La justice de Dieu s'offense de ces larmes stériles, et je serai punie de ma lâche ingratitude envers lui.

— Et vous êtes bien sûre de ne pas savoir pourquoi vous pleurez ainsi, Marianne? lui demandai-je presque sévèrement.

— Ne m'avez-vous pas compris? dit-elle avec emportement, et est-il nécessaire d'ouvrir son cœur devant vous; si vous mettez à regarder et à entendre aussi peu d'intelligence? Je n'ai pas besoin de vos consolations, je saurai souffrir seule. C'est une pure curiosité qui vous pousse à m'interroger, et je vous trouve hardi d'oser ainsi vous jouer de moi! Vous cherchez à surprendre mes confidences afin de répéter à mes amies que j'ai un cœur ingrat et orgueilleux. Allez leur dire que je ne suis plus digne de leur affection, que je suis jalouse...

— Vous l'avez peut-être dit, m'écriai-je, vous l'avez dit le secret de votre cœur. Je vous pardonne vos paroles dictées par la colère et la mauvaise honte. Oui, vous êtes jalouse, Marianne. Je ne connais que trop ce misérable sentiment pour que vous puissiez m'en imposer. Voyons, ajoutai-je, malgré les éclairs de vos yeux irrités, malgré les menaces de cette bouche hautaine, il faut que vous répondiez à ma question.

— Quel est celui de nous que vous aimez, Marianne ?

Elle poussa un cri et s'échappa de mes bras en me défendant de la suivre. Je respectai sa rougeur et sa confusion ; et, presque aussi troublé qu'elle , j'allais me retirer , lorsqu'un groupe de jeunes filles rieuses me barra le chemin.

— Qu'êtes-vous devenu depuis huit jours, volage ? me demandèrent-elles toutes à la fois.

Et avant que j'eusse pu répondre :

— Marianne vous a-t-elle appris la grande nouvelle ? me demanda Antoinette.

— Laquelle ? dis-je avec un secret pressentiment.

— Il y en a donc deux, que vous en ignorez une ?

— Mais, sur mon âme, je ne sais ce que vous voulez dire, m'écriai-je avec impatience ; j'ai été malade huit jours et j'arrive à l'instant. Voyons, ne soyez pas mauvaise et mettez-moi au courant. Au nom du ciel, qu'y a-t-il?

— Tenez, demandez-le-lui, me dit Antoinette avec un regard de pitié, en me montrant Rodolphe au bras duquel se tenait Marianne. Ils venaient vers nous; un voile passa devant mes yeux.

— Elle l'aime! m'écriai-je avec rage.

— Il l'épouse, dit Antoinette à voix basse.

Quel terrible moment!... et, comme après dix ans, je sens encore vivante dans mon âme la haine que m'inspira soudainement cet homme. Je passai près de lui sans le voir, mais je sentis le regard de Marianne s'attacher sur moi; et, faisant un vigou-reux appel à toute mon énergie, je pus leur adres-ser quelques paroles d'adieu, qu'ils n'entendirent guère, et que je n'ai jamais sues.

III

Rodolphe avait trente ans. Il était beau selon la statuaire, mais sa figure manquait de charme et de bonté. Un éclair fauve s'échappait parfois de son œil langoureux, et sa bouche nerveuse trahissait toute la violence et toute l'âpreté de son caractère. Ses cheveux, déjà blanchis sur les tempes, découvraient un front noble; il avait une certaine fierté d'ailleurs, une sorte d'impertinence courtoise qui n'étaient pas sans charme. Marianne croyait à une grande force morale et à une intelligence supérieure. Je ne sais si elle l'aimait, mais il était évident qu'elle subissait une sorte de fascination étrange, comme le soir où l'orage la jeta dans mes bras. Elle avait consenti à épouser Rodolphe, et cependant elle avait peur de lui ; elle doutait de son amour, et mille pressentiments lui disaient que les larmes et les douleurs l'attendaient sur le seuil de cette union. Mais, je crois l'avoir dit, l'abîme attirait Marianne ; elle avait le vertige du malheur ; elle savait qu'il était là, et elle se sentait fatalement entraînée vers lui. C'était un des secrets de cette organisation mystérieuse.

Je passai une nuit terrible, non plus à pleurer comme un enfant, mais à réfléchir comme un homme. Ma douleur m'avait vieilli de dix ans, et je me sentis tout à coup dans la plénitude de ma force. Il me vint au cœur la pensée que je pourrais protéger Marianne contre elle-même, et que lorsqu'elle saurait ma transformation, elle consentirait peut-être à se confier à moi, à moi qui ne lui fe-

rais point quitter sa mère! à moi, le compaguon
de son enfance! Quelle douce vie d'amour nous
aurions, et comme, d'une main vigilante, je lui me-
surerais l'agitation et le repos, dont son âme inquiète éprouvait le changeant désir!... O folle
ambition de mon fol amour! rêve présomptueux, comme vous fûtes repoussés lorsque j'en fis
l'aveu!

— Eh quoi! s'écria Marianne en riant, vous
voulez vous faire le champion de mon bonheur!
Mon page veut s'ériger en seigneur, et l'écolier en
époux! Faudra-t-il mettre des jouets pour vous
dans la corbeille? et me sera-t-il permis de vous
offrir un petit cheval? Vous accompagnerai-je à
l'école lorsque vous ferez votre droit? ou me laisserez-vous à la maison, sévère gardienne de vos
cahiers? dites...

— Ah! méchante créature, m'écriai-je, révolté
par son impertinence, un jour viendra où vous
vous repentirez de vos dédaigneuses paroles.
Vous pouviez me faire comprendre d'une façon

plus honnête l'audace de mon ambition ; vous
aviez le droit de me plaindre, mais non celui de
me railler si tristement. Oui, sans doute, ajoutai-
je avec rage, je ne suis qu'un enfant, mais je
vous aime ardemment, et vous eussiez eu ma vie
entière. La différence d'âge qui existe maintenant
entre nous n'eut point tardé à disparaître, car
l'homme de vingt-cinq ans peut être le protecteur
et le mari d'une femme plus jeune de quelques
mois. Mais c'est impitoyablement que vous vous
obstinez à méconnaître l'étendue de cet amour,
dont vous regretterez un jour la prévoyante solli-
tude, et le dévouement sans bornes ?

Elle m'avait écouté avec une certaine attention.
Ses yeux devinrent rêveurs :

— Vous avez peut-être raison, dit-elle d'une voix
douce et triste, et j'ai eu tort de vous railler. Votre
amour est vrai, je l'ai senti au frémissement de
mon cœur, dont les battements se précipitent chaque fois qu'une parole franche et loyale vient à lui.
Mais, voyez-vous, Octave, personne ne peut échap-

per à sa destinée. Je sais que le bonheur doit être
ici au milieu de vous tous que j'aime, et je sens
malgré moi de violents désirs de m'en aller. L'inconnu m'attire avec une puissance irrésistible,
comme l'oiseau bat d'une aile impatiente les bar-
reaux de sa cage lorsqu'il voit passer le printemps,
ainsi suis-je avide de m'envoler. Regardez cet arbre
battu par les vents, ajouta-t-elle en me montrant de
la main un chêne qui s'élevait sur le coteau, écoutez
le frémissement de son feuillage ; ne vous dit-il pas
qu'il peut braver la tempête, et que l'orage qui a
brisé ce peuplier lui a communiqué une force nouvelle ?

— Oui, mais est-ce là ce qui le fait vivre ?
repris-je attristé par l'inquiétude de son âme ;
n'est-ce pas plutôt la séve qui monte insensible-
ment dans ses rameaux, et leur distribue l'éclat et
la vie ? O chère Marianne, tout me dit que l'agitation n'est pas le bonheur ; qu'il faut, pour être heureux, se mettre à l'abri ; attendons dans la paix de
nos campagnes que quelques années m'aient rendu

digne de vous protéger, et vous verrez, ma bien-
aimée, comme l'amour transforme les enfants en
hommes sérieux et forts !

— Je suis impatiente de m'élancer dans la vie,
et quoi qu'elle m'apporte, je l'accepterai, dit Marianne d'un air sombre. Ne me demandez plus ce
que je ne peux vous donner; je m'étiolerais dans
vos calmes retraites ; j'ai une exubérance de force
qui demande à être dépensée. D'ailleurs, j'aime Rodolphe et je crois en lui. Il porte dans son cœur les
mêmes orages qui sont dans le mien. Je me sens
de force à lutter ; laissez-moi aller où le veut ma
destinée, et ne songez point à m'arrêter par des
considérations de calme et de repos, tandis que c'est
l'agitation que je souhaite.

Je compris qu'il était inutile d'insister, et je m'é-
loignai de Marianne le cœur oppressé. Je l'aimais
trop pour ne pas avoir des pressentiments sur son
avenir, et j'aurais tout fait pour empêcher ce triste
mariage, alors même que je n'eusse point éprouvé
pour elle le plus ardent amour.

Cependant le monde était loin de juger les choses
comme moi. Le nom de Rodolphe, sa haute position, sa fortune en faisaient un parti très-supérieur à
ce que pouvait espérer Marianne et on la félicitait
à l'envi sur le bonheur d'avoir été choisie par un
homme aussi remarquable. Le jour du mariage approchait ; Marianne semblait prendre une beauté et
une force nouvelles ; on ne la voyait plus inquiète et
rêveuse ; elle n'avait plus de ces défaillances et de
ces découragements qui l'assaillaient autrefois.
Elle était confiante et gaie dans l'avenir que lui fe-
rait Rodolphe, et comment n'en eût-il pas été
ainsi ? Il était amoureux, très-beau, et très-riche...
Quelle imagination malsaine eût pu voir là des symp-
tômes de malheur pour une jeune fille ? Ce ne pouvait être, hélas ! qu'un pauvre enfant jaloux et
inquiet, troublé par ses angoisses et ses déchirements. J'avais fini par ne presque plus aller chez
Marianne, et quoiqu'on vînt me chercher souvent
sous un prétexte ou sous un autre, je remettais ma
venue au lendemain. Mon père voyait mes souf-

frances et songeait à me faire voyager. On me parla
de l'Italie. Dieu! que cette terre m'eût semblé belle
si j'avais pu avec elle respirer son air velouté!
Comme nous eussions parcouru ces campagnes in-
comparables où tous les trésors du ciel sont répan-
dus! Mais y aller seul me sembla comme un sacri-
lége. C'eût été la profaner cette terre de l'amour
que d'y apporter ma solitude et mon cœur blessé.
Je renonçai à l'Italie; je ne voulus point de l'Espagne. Elle l'aimait et je l'avais entendue souhaiter d'y
faire un voyage. Mais je me décidai à partir pour
l'Afrique, dont la nature me semblait plus appro-
priée à ma désolation. Malgré les avis de mon père,
je voulus assister au mariage de Marianne. Il me
semblait que rien de grave ne pouvait arriver dans
sa vie sans que je fusse près d'elle, et j'aurais cru
manquer à mes devoirs en m'éloignant avant sa cé-
lébration.

N'est-il pas encore sous mes yeux cet autel paré
de guirlandes, devant lequel vint s'agenouil'er Marianne? Ne la vois-je pas dans ses blancs vête-

ments, plus pâle que sa couronne, mais calme et presque souriante, tendre sa main à l'anneau de Rodolphe! Comment ne suis-je pas mort de douleur à cet instant suprême où ils furent liés à jamais. Il faisait, je me souviens, il faisait ce soir-là un temps divin, et quoique ce fût au mois de janvier, l'air était d'une douceur extrême et le ciel d'un bleu sombre tout étincelant d'étoiles. Il y avait comme une grande joie, comme une grande quiétude dans toute la nature. La robe blanche de Marianne flottait, et son voile léger soulevé par la tiède brise, venait par intervalles effleurer mes lèvres. Il y avait dans cette splendeur du ciel, comme une insulte à ma douleur... Marianne, qui croyait aux présages comme une Romaine, se retourna vers moi avec des yeux brillants, et lorsqu'on rentra au château, que Rodolphe se fut assis à côté d'elle, je vis des larmes trembler au bout de ses longs cils baissés, mais c'étaient des larmes de pieuse tendresse. L'émotion de la jeune femme jeta du trouble parmi nous. On souriait et on pleurait à la fois. Mme de L... se leva pour mettre un terme à l'embarras général, et fit signe à Marianne dela suivre. Je sentis quelque chose qui se brisait en moi, et je jetai à mon père un regard suppliant. Il fut vers Mme de L... et lui dit quelques mots à voix basse. Elle sourit avec tristesse, répondit par un signe affirmatif et disparut avec sa fille.

Mon père s'approcha de moi.

— Allons, Octave, me dit-il; allons, cher enfant, du courage; viens lui dire adieu!...

Je me levai en chancelant; il me prit la main et me conduisit dans la chambre de la mère de Marianne. A la vue de ma chère idole debout au milieu de l'appartement, je ne pus que m'élancer à ses pieds pour les couvrir de larmes. Je baisai le bord de sa robe blanche et je cachai dans ses flots épais ma tête en délire. Nous pleurions tous... Je sentis bientôt les genoux de Marianne chanceler et je me relevai pour la soutenir dans mes bras. Sa tête toucha mon épaule et s'y reposa un instant; elle était pâle et comme hors d'elle-même. En

voyant ce beau visage ainsi altéré, je voulus m'é-
crier, mais mon père m'entraîna avec force ; je sentis alors sur mon front, les lèvres chaudes de Marianne, et on m'emporta sans connaissance.

IV

Quelques jours après, je partis sans l'avoir revue,
— Il me semblait qu'elle fût morte, et j'aimais
mieux la pleurer ainsi. Je l'ensevelis dans mon
cœur et je jurai à sa chère mémoire un souvenir
éternel. — J'arrivai en Afrique plus calme; un
pays si nouveau pour moi, me fut d'une utile di-
version, et au bout d'un mois, je commençai à
trouver dans ma douleur une sorte de volupté
amère : je voyais toujours Marianne baignée de larmes, et mon front avait gardé l'impression de ses

baisers d'adieux ; mais si un écart de mon imagination me la montrait rieuse dans les bras de Rodolphe, alors mon sang bouillait de nouveau dans mes veines. Dans mes rages insensées, j'appelais Marianne infidèle et parjure, je l'accusais de ma mort, et je la maudissais. — Mais ces accès devinrent de plus en plus rares et lorsque, deux ans après, je revins en France, je pus avec calme entendre parler d'elle.

Que de changements en si peu de mois !... Sa mère remariée et partie pour ne plus revenir !... le château abandonné à des domestiques, qui laissaient les orties et les pariétaires envahir le frais jardin de Marianne; les jalousies qui s'ouvraient si gaiement autrefois, étaient toujours fermées, car on n'attendait pas au logis la visite de la jeune maîtresse. Des bruits étranges circulaient dans le pays; mon père fut le premier à m'en parler quelques jours après mon arrivée.

— On raconte que Rodolphe a dissipé sa fortune, me dit-il un soir que nous étions tristement assis au coin du feu, et que son caractère s'est cruellement ressenti de cette catastrophe. Ils ont fait vendre la portion de forêt qui appartenait à Marianne, et Mᵐᵉ de L***, brouillée avec son gendre, s'est remariée avec le vieux comte de Belfast. Il ne leur reste ici que le château, qui, par une clause testamentaire, ne peut être aliéné. Ce sera quelque jour le refuge de cette pauvre enfant, ajouta mon père avec émotion, et Dieu veuille qu'elle sache y revenir à temps!

— N'a-t-elle jamais écrit? demandai-je la voix étouffée par ma douleur; l'ingrate a-t-elle pu oublier ceux qui l'aimaient avec tant de dévotion?

— De loin en loin, une ligne à ta mère, un mot à moi; mais elle ne se plaignait pas. Les jeunes femmes ont toutes la fatuité du bonheur, et celle-là plus que les autres! Marianne était orgueilleuse, et sa pire douleur serait celle qu'elle serait impuissante à cacher.

—Ne pourrions-nous rien faire pour sauver mon

amie d'enfance, mon père ? m'écriai-je dans un élan passionné. Ne me permettrez-vous pas de l'aller défendre, ou du moins de la consoler ? Marianne malheureuse ! cette chère créature si tendrement gâtée aura-t-elle la force nécessaire ? et n'est-ce point lorsque notre amie est dans la douleur que nous devons accourir près d'elle ? Cette tète si folle et si ardente a pu, dans l'exaltation des premières larmes, former de dangereux projets...

—Ta grande jeunesse ne te permet point cette démarche, Octave ; d'ailleurs, qui nous dit que ce ne sont point là de ces bruits mensongers que l'oisiveté plus que la malveillance crée dans nos petites villes ? Tu n'as qu'un moyen possible pour savoir dans quelle position se trouve Marianne : écris-lui quelques lignes simples et calmes, parle-lui beaucoup d'elle, un peu de lui ; informe-toi avec l'intérêt d'un frère de sa santé et de celle de Rodolphe, et dans sa réponse, pour aussi ambiguë qu'elle soit, ton cœur te fera reconnaître si ta jeune amie court quelque danger.

J'obéis à mon père, et quelques heures après, le courrier emportait une lettre dans laquelle j'avais mis mon cœur. Avec quelles angoisses j'attendis la réponse ! et comme je brisai d'une main tremblante le cachet qui me gardait le pli révélateur! De nombreuses lignes serrées d'une écriture élégante couraient sur le vélin marqué d'un seul M... qui me fut remis huit jours après.

« Paris, .. avril .....

» Merci de votre souvenir. Votre lettre m'est parvenue le jour de Pâques, comme le bouquet des premiers lilas qui fleurissent sous les fenêtres de votre salon, et que vous m'offrîtes il y a trois ans. Nous étions jeunes alors, Octave, vous aviez dix-huit ans moi dix-sept !... dix-huit ans dans le cœur, sur les lèvres, dans les yeux !...

» Votre voyage et votre longue absence vous ont-ils laissé le même âge? avez-vous encore les

joies faciles, le rire prompt, les émotions naïves?...
aimez-vous toujours vos champs, vos grandes forêts, vos chasses matineuses avec Black, le fidèle
chien?... Hélas ! que tout cela me semble loin de
moi... Sur cette ligne, vous trouverez une tache,
c'est une petite larme que j'envoie à mon pauvre
jardin abandonné ! Ils m'ont donc laissé mourir mes
fleurs, les barbares? mes beaux lis, ils les ont laissé
étouffer par des plantes vulgaires? Dites-leur, Octave, de ne toucher à rien, je le défends; que mes
fleurs périssent, que les branches de mes arbres
s'entrelacent, que les hautes herbes envahissent
mes tulipes, que la haie devienne un mur hérissé
qui défende l'entrée de mon ancien Éden ! Je ne
veux plus qu'on le profane. Lorsque je reviendrai,
je saurai bien reconnaître toutes mes fleurs chéries;
les ronces ne sauraient m'empêcher de vous retrouver, ô mes sombres violettes, fleurs aimées de
ma mère ! Les cactus et les camélias auront disparu
emportés par la première gelée, mais vous serez
encore là, vous, mes modestes amies. Je ne vous

cueillerai point d'une main indifférente, non, je m'agenouillerai devant vous, et je vous baiserai avec un pieux respect! Croyez-vous que je revienne jamais, Octave? croyez-vous que je revoie encore ma vieille maison et votre jeune visage?

» Ah! c'est que je ne suis plus la même, c'est que le deuil est entré dans mon âme, et s'y est fait une large place. Mortes sont mes illusions et mes espérances! mes rêves présomptueux se sont évanouis comme la fumée au soleil, et il ne m'est resté de tous ces débris qu'assez de larmes pour pleurer, assez de force pour ne pas mourir!

Savez-vous, sait-on là-bas que je suis seule, Octave? sait-on bien toute l'étendue de mon malheur? Rodolphe est loin de moi pour longtemps, pour toujours, peut-être. Ma mère, confiante dans le calme que je montre à ses yeux, voyage en Italie avec le comte de Belfast. Ils sont maintenant sur les bords du golfe de Naples; on me croit heureuse et aimée, oublieuse dans mon bonheur, peut-être. Laissons-leur leur paisible ignorance, Octave, je n'ai pas le droit de troubler leur tranquillité.

» Adieu. Envoyez-moi dans votre lettre prochaine une fleur cueillie par vous dans les bois.

» MARIANNE. »

O Dieu ! quelle profonde tristesse ! Quoi, voilà ce qui reste de cette belle âme, qui s'élançait dans la vie avec une ardeur si impatiente, quel découragement et quelle amertume !

Je descendis à l'heure du dîner, et ayant renvoyé les domestiques, je lus à mon père et à ma mère la lettre de Marianne. Ce fut d'un même élan qu'ils s'écrièrent tous les deux les yeux pleins de larmes :

— Qu'elle revienne ! écris-lui, Octave, dis-lui qu'en l'absence de son mari elle doit venir demander à ses vieux amis la protection qui doit entourer une femme aussi jeune. Elle attendra chez elle, au milieu de ses serviteurs dévoués, que sa mère soit revenue ou que Rodolphe la vienne chercher. Qu'elle se hâte, la jeune colombe blessée, de revenir au nid de son enfance.

Nous nous perdîmes en conjectures sur le départ de Rodolphe, mais nous nous arrêtâmes à cette idée, qu'après avoir gaspillé sa fortune en spéculations, le malheureux avait été obligé d'accepter quelque place à l'étranger, qui pût le faire vivre, lui et sa femme. Mais, dans ce cas, pourquoi ne l'avait-elle pas suivi ?

Moi qui connaissais cette âme noble, quoique fantasque et tourmentée, je savais bien que les désastres de fortune n'auraient pu frapper ainsi Marianne. Le malheur venait de plus haut, elle avait été touchée au cœur, je n'en pouvais douter ; mais je laissai à mes parents leur croyance, je ne voulus point ouvrir l'âme de Marianne devant eux.

Je lui écrivis une lettre où je la pressais de revenir. Je lui offris même de l'aller chercher, et lui dis que je n'attendais pour partir que sa réponse. Je

3.

lui dépeignis les joies calmes qu'elle pouvait encore trouver parmi nous tous, dont l'affection ne faiblirait jamais.

Vous pensez avec quelle inquiète ardeur j'attendis une lettre. J'allais donc la revoir ! Ce n'était plus cette femme si follement aimée, c'était une sœur chérie qui venait après une longue maladie passer près de nous sa convalescence ; comme nous allions l'aimer cette pauvre âme troublée... Quel malheur l'atteindrait parmi nous ? Ne lui ferions-nous pas un rempart de nos cœurs !... Elle allait renaître à la joie et à la vie ! Comme autrefois, je la verrais assise, pendant l'été, sur les meules de foin à l'ombre des vieux chênes... Elle irait à la messe le dimanche et reprendrait sa place près du pilier. Elle viendrait le matin nous surprendre pendant le déjeuner et nous jetterait une poignée de roses effeuillées au visage pour nous avertir de sa présence. Allons, voilà la joie ! le soleil ! le printemps ! te voilà de retour, ô ma chère jeunesse !...

Je fus chez elle et j'avertis Pierre le jardinier, et

Marguerite la cuisinière que leur jeune maîtresse allait probablement revenir. Leur joie fut grande et je crois même que le vieux Pierre essuya une larme. Il prit sa bêche et ses outils pour aller au jardin cacher son émotion. Je lui donnai quelques conseils pour son travail, et je revins trouver Marguerite qui époussetait déjà la chambre de *Mademoiselle*. J'entrai avec une pieuse tendresse dans ce virginal séjour... Il semblait qu'elle l'eût quitté la veille. Jocelyn, par un hasard étrange, et qui me tressaillir, était ouvert à la confession de Laurence. Comme elle, ne revenait-elle pas se jeter dans le cœur de son ami d'enfance ?... Plus loin, c'était un ouvrage commencé ; je ne pus m'empêcher de sourire, car j'avais souvent raillé Marianne sur l'inaptitude et la paresse de ses belles mains. Je baisai avec amour la broderie ébauchée et je la remis à sa place, avec le dé d'ivoire et les ciseaux d'acier sur la table de marqueterie. Je fis remplir les vases bleus des fleurs les plus belles et j'ordonnai qu'on les remplaçât chaque jour... Le piano fut ouvert;

je passai quelques heures à l'accorder moi-même,
ne voulant pas que les mains grossières d'un mer-
cenaire touchassent à ce meuble favori de Marianne.
Je m'en allai après cette visite, le cœur allègre et
content. Le soleil se couchait dans un beau nuage
de pourpre frangé d'or et illuminait d'un reflet ver-
meil toute la terre. En s'élançant sur Nadéjé pour
la première fois depuis bien longtemps, je me sentis
heureux... Il me revint soudainement en mémoire
un air fort aimé de Marianne et que nous avions souvent chanté ensemble. Les paroles étaient simples
et le musique naïve, mais on y respirait encore un
beau parfum de nos dix-sept ans, et ce fut d'une
voix émue que je murmurais ces couplets :

Blanche, on dit que dans sa chaumière,
L'esprit follet revient la nuit.;
Dans son humeur brusque et légère,
Il siffle, gronde et fait grand bruit!
Tous les matins pour ta parure,
Quelle main prépare un bouquet ?
Mes compagnes, je vous le jure,
C'est la main de l'esprit follet.

On dit qu'il fait peur à ton père,
Et que redoutant de le voir,
Avec soin, ta tremblante mère
Referme la porte le soir.
Mais quand revient la nuit obscure,
On entend le bruit du loquet...
Mes compagnes, je vous le jure,
C'est la main de l'esprit follet.

Quand on se rassemble au village,
Tu ne souris plus à nos jeux.
L'ennui se peint sur ton visage,
Des pleurs s'échappent de tes yeux !
Sans doute, tu n'es plus heureuse,
Mais quand tu reviens du bosquet,
Qui peut te rendre ainsi rêveuse ?
Serait-ce encore l'esprit follet ?

— Eh ! vous êtes bien éveillé ce soir, monsieur
Octave, me dit comme je passais le gué une fraîche
voix. Je ne vous avais jamais entendu chanter, et
pourtant, Dieu sait si je vous ai vu passer de fois
monté sur votre beau cheval noir ! Est-ce que par
hasard, vous vous marieriez, monsieur Octave, que
vous avez tant de gaieté ?... Ce serait une grande

joie, allez, dans le pays, si vous y ameniez une belle
dame... c'est moi qui serais contente!...

J'arrêtai le petit bavardage de la jeune fille qui m'a-
postrophait, et je me mis à rire du prétexte qu'elle
avait donné à ma joyeuse humeur. Pauvre enfant!
elle ne connaissait dans sa naïveté aucun événement
plus heureux que celui d'un mariage. C'était la fille
d'un de nos fermiers, et je causais avec elle tout
en cheminant le long d'un sentier tout fleuri d'aubé-
pines, tout parsemé de plantes odorantes. Elle me
raconta son petit roman. Elle aimait, elle était aimée,
son père refusait le consentement parce qu'elle était
trop jeune. Mais c'est un mal dont on guérit vite,
ajouta l'enfant en riant, et nous nous épouserons
dans trois ans.

Hélas! que n'as-tu pensé ainsi, Marianne!.. Dans
sa simplicité cette payanne t'a vaincue en science!
Elle a dans l'esprit le grand secret de ta vie; elle
sait attendre, elle sait aimer!

Comme j'allais tourner du côté de l'avenue et
dire adieu à la jeune fille, elle s'arrêta toute étonnée:

— Vous n'allez donc pas aux Cluzels, me dit-elle?..

Et quand elle me vit confondu et rester immobile sur mon cheval :

— Vous voyez bien que vous allez vous marier, puisque vous rentrez tout droit chez vous. Ah ! la Madeline va avoir bien du chagrin !... Mais aussi, pourquoi une jeune fille écoute-t-elle un beau monsieur comme vous ? Voyez-vous, il n'en arrive jamais du bien, Dieu qui est juste punit celles qui sont trop fières. Bonsoir. Je ferai de la jonchée à votre noce, n'est-ce pas?... J'ai du beau buis et de belles roses que je gardais pour la procession, mais que je vous donnerai, dit-elle...

Et, me souhaitant de nouveau le bonsoir, elle s'éloigna en chantant une ronde villageoise.

Pourquoi m'avait-elle parlé de Madeline?

Pourquoi s'étaient-elles tues comme par miracle les voix qui chantaient dans mon âme un cantique d'allégresse pour le retour de ma bien-aimée ?

Qu'y avait-il de commun entre ces deux femmes
si éloignées de condition ? Mais ne s'étaient-elles
pas rencontrées dans mon cœur ? Non, je vous jure,
Marianne, je vous ai si haut et si saintement placée,
que rien ne peut vous atteindre. Je l'ai fermé ce
cœur, du jour où vous y êtes entrée, et nulle que
vous au monde n'en a eu la possession... Les chastes
amours vous accompagnent, et jamais un désir im-
pur ne les a troublées ! Lorsque ma pensée s'arrêtait
sur votre beauté suave, c'était avec un saint ravissement. Il ne m'a pas semblé que vous pussiez m'ap-
partenir comme une femme ; mais je vous aime
comme un ange dont je n'oserais, par de vulgaires
sentiments, altérer la sereine pureté. Restez donc,
ô ma bien-aimée, dans ce sanctuaire où vous ne
respirerez que l'odeur des fleurs immortelles de
mon amour !

Il m'avait semblé qu'au moment où la jeune
femme prononçait le nom de Madeline, Marianne se
levait brusquement de mon cœur et cherchait à
s'enfuir ! Par une sorte d'hallucination, je la voyais

m'ordonnant impérieusement d'ouvrir les portes de sa demeure profanée ; et je la conjurais, avec des larmes, de ne pas s'en aller. Je lui disais que c'était ma vie qu'elle emportait dans sa colère; mais elle ne m'écoutait pas, et, toute frémissante, elle déchirait mon cœur sous ses mains irritées !

Un écart de mon cheval effrayé par un arbre jeté sur le chemin m'arracha à ma dangereuse rêverie. La nuit était venue et la lune se levait toute rouge derrière les sapins : elle me sembla avoir ce soir-là une physionomie sinistre, un grand nuage noir, de forme bizarre, courait devant elle. Le vent m'apportait de la forêt des senteurs résineuses et mordantes. La disposition d'esprit dans laquelle je me trouvais me fit prendre le calme profond où la nature était plongée pour l'anéantissement. Je me crus dans un vaste tombeau, et je me sentis envahi par un sombre découragement. La solitude était en moi et autour de moi, mon cœur ne battait plus dans ma poitrine aride ; nulle plainte, nul sanglot ne soulevait mon âme, et cependant j'étais agité comme les feuilles des chênes-liéges qui tombaient en tournoyant sur le cou de mon cheval.

Ce fut à peine si en rentrant chez moi je demandai si le facteur n'avait point laissé de lettres. Le matin j'étais sûr d'en avoir une ; je m'étais levé dans ma joie pour aller annoncer cette bienheureuse arrivée que je n'attendais plus. Il y a des moments de sommeil dans la vie morale comme dans la vie physique, mais il me semblait que je ne dusse point me jamais réveiller, et la réponse négative que reçut ma question me laissa presque indifférent.

Quelques jours s'écoulèrent et Marianne n'écrivait pas. Je retournai plusieurs fois chez elle, mais sans ces divines émotions du premier jour. J'écrivis ; mes lettres demeurèrent sans réponse. Je tombai bientôt dans une sorte d'apathie dont rien ne put me tirer : ni les cris joyeux de mes chiens partant pour la chasse, ni les hennissements de mes chevaux impatients ne purent me faire abandonner une fenêtre près de laquelle j'étais assis durant tout le jour. Je regardais dans la campagne sans rien voir, sans rien attendre, sans rien espérer.

Un matin que j'étais à ma place accoutumée, mon père vint me prier de descendre jusqu'à la ferme pour donner quelques ordres. Je pris mon fusil et, suivi de Black, je m'acheminai à travers les bois. Comme je traversais un sentier profondément encaissé, j'entendis un pas précipité derrière moi; je me retournai et me trouvai en face de cette jeune fille dont la fermière avait prononcé le nom. Ses joues empourprées, ses yeux étincelants, sa bouche demi entr'ouverte, trahissaient sa course folle. Un foulard d'un bleu sombre s'était presque détaché de sa tête et roulait avec ses cheveux sur sa nuque vigoureuse. Son souffle haletant soulevait par bonds son corsage; elle me prit par le bras et me força de m'arrêter devant elle. Un gai rayon de soleil l'enveloppait tout entière. Je ne pus m'empêcher de la trouver charmante, et je m'assis sur un tertre pour écou-

ter les véhéments reproches qu'elle m'adres-
sait.

Madeline était belle, je le lui avais dit, elle
l'avait cru. Depuis mon retour d'Afrique, j'étais allé
souvent chasser du côté de la ferme, et Madeline
ne manquait jamais en entendant le jappement de
Black, de venir sur le seuil de sa porte, pour m'inviter à la franchir. J'avais de grands torts envers
cette enfant, et je m'étais souvent reproché la
légèreté de ma conduite; elle était simple et douce,
et m'obéissait en toutes choses. J'avais défendu le
bal, non par jalousie, mais parce que je ne voulais point que les mains que je touchais fussent
salies par le contact grossier des paysans. Le bal
fut abandonné, et les petits pieds si impatients autrefois le dimanche demeurèrent à la maison.
J'étais rempli de reconnaissance pour sa docilité
et sa tendresse. Sa beauté charmait mes yeux,
mais je n'étais pas amoureux d'elle. Eh! pouvais-je seulement songer à l'être? Marianne ne
remplissait-elle pas mon cœur tout entier? Ne

s'est-elle pas emparée, la terrible envahisseuse, de mes sentiments jusqu'à me sentir anéanti lorsqu'elle s'éloignait de moi?

Mais Madeline était femme, et lorsqu'elle passait autour de mon cou ses bras plus blancs que le lait, et que sa bouche fraîche s'avançait sur mes lèvres, c'était avec une véritable émotion que je serrai sur mon cœur la printanière fille. L'image de Marianne ne vint jamais heurter la sienne, car l'une était dans le ciel de l'idéal entourée des voiles bleus d'une pudeur austère, et l'autre touchait à la terre par ses plus appétissants côtés.

— Pourquoi ne vous vois-je plus, disait Madeline irritée et jalouse, mais craintive dans sa colère. Ne n'aimez-vous plus, que voilà trois semaines que vous n'êtes venu aux Clauzels? Quelle est donc la fille du pays qui vous a pris à moi? Dites-moi, Octave, ne suis-je plus votre petite Madeline? vous ai-je mécontenté en quelque chose? Tenez, pas plus tard qu'hier, j'ai refusé d'aller à la noce de la Mariette pour vous attendre. Plus

de cent fois le jour j'allais voir si vous n'arriviez
pas, et j'écoutais tremblante afin de reconnaître
les aboiements de votre chien. Mais je n'entendais
que les battements de mon cœur impatient, ajouta-
t-elle en pleurant ; puis, avec cette promptitude des
femmes du Midi, elle se jeta à mes pieds et m'étrei-
gnit avec force. Ses beaux yeux cherchaient les
miens, et ses lèvres semblaient demander un baiser
pour les fermer. La pauvre enfant, dans son humble posture, les genoux sur la terre brûlante, avait
l'air d'une maîtresse coupable et repentante, qui
n'attend qu'un mot de pardon pour venir dans vos
bras... Mais je ne sais ce qui se passa dans mon
cœur. Je fus peut-être choqué de cet abaissement
immérité, et je la forçai à se relever sans l'avoir
embrassée. Je lui parlai longtemps ; je cherchais
des raisonnements spécieux pour lui faire comprendre que notre liaison devait finir. Je fis passer
devant ses yeux un intérieur heureux dont elle
serait la maîtresse : un bon mari, de beaux enfants;
toutes choses dont elle serait privée si elle conti-

nuait à m'aimer. Mais elle n'écoutait rien et pleurait toujours en disant :

— Je ne veux pas, je ne veux pas; je n'aime et ne veux que vous au monde !

Cette résistance dans une âme si douce me frappa et m'irrita en même temps. Je finis par lui dire durement qu'elle eût rentrer chez elle ; que je viendrais la voir bientôt, lorsque je penserais qu'elle serait devenue assez raisonnable pour m'écouter et me comprendre.

— Oh! me dit-elle, pour vous comprendre, hélas! c'est déjà fait : vous ne m'aimez plus, et je suis bien malheureuse !

Ses sanglots redoublèrent.

Je fus pris d'une sorte d'impatience nerveuse, et, voyant que j'aurais à peine le temps d'aller à la ferme et de rentrer chez moi avant la nuit :

— Va, lui dis-je en me contreignant, va, Madeline, rentre chez toi, et demain, à dix heures, sois au fond de ton jardin, je passerai par la vigne d'en

bas, et, lorsque tu me verras arriver, viens au-
devant de moi, ma chère fille.

Elle me jeta ses bras autour du cou.

— Bien sûr, dit-elle ?

Je le lui promis et m'éloignai rapidement. Au
détour du chemin, je me retournai, elle était encore
à la même place et m'envoyait de la main un nouveau baiser.

Tandis que je parlais avec le fermier, je me sentis
soudainement inquiet et comme pressé de partir. Je
résistai à ce mouvement de mon âme, et je tâchai
de prendre quelque intérêt à la récolte nouvelle et
aux foins fraîchement coupés. Mais bientôt, ne pou-
vant plus maîtriser mon impatience, je quittai la
ferme et me dirigeai en toute hâte chez moi. Malgré
la chaleur, encore très-forte, je marchai d'un pas
rapide ; sans pouvoir m'expliquer ce subit entraînement, je n'essayai pas d'y résister.

Une lettre de Marianne, sans doute, me disais-je ;
voici l'heure où le facteur s'arrête au château, hâ-
tons-nous.

L'engourdissement où j'étais plongé depuis quelques jours se dissipa au souffle de cette espérance. Je sentis de nouveau les ravissements et les joies revenir dans mon âme comme les oiseaux vers leur nid. Plus j'approchais, et plus je me sentais renaître à la vie, et par conséquent à la faculté de souffrir et d'aimer. Lorsque je ne fus qu'à quelques pas de la porte d'entrée, je jetai mon fusil dans les mains d'un domestique et j'entrai avec impétuosité dans le salon, dont les fenêtres étaient ouvertes. Ma mère était seule et releva brusquement la tête, toute effrayée de mon agitation.

— Qu'y a-t-il, au nom du ciel ? s'écria-t-elle.

— Avez-vous des nouvelles de Marianne, ma mère? lui dis-je. Arrive-t-elle ? a-t-on apporté les lettres ?

— Mais tu es fou, mon enfant ; me voilà toute troublée par ton entrée singulière. Nous n'avons pas eu de lettres, et rien ne devait te faire supposer qu'aujourd'hui précisément il en viendrait. Calme

4

toi donc. Est-ce un pressentiment qui t'a fait te hâter
de la sorte ? ajouta ma mère en riant.

Je lui avouai quel irrésistible désir de revenir
au château m'avait subitement mordu au cœur.
C'était à un tel point, dis-je, que j'étais sûr de
trouver une lettre au moins, et que vous me voyez
tout désappointé.

Je quittai le salon et fus m'asseoir sur la terrasse.
Le soleil se couchait derrière la colline qui se trouvait en face de moi. Jamais la campagne ne m'avait
paru si belle. J'étais placé sur une hauteur qui me
permettait d'embrasser une vaste étendue de pays.
À ma droite, s'étendait dans la plaine une longue
forêt de sapins, dont la sombre verdure contrastait
avec l'éclatante fraîcheur d'un grand bois de chênes,
vivement éclairé par les derniers rayons du jour.
Dans le lointain, sur une montagne de forme tourmentée, se tenait comme en équilibre un petit village dont les blanches maisons semblaient glisser
sur la pente rapide ; une route, contournée comme
un serpent, montait de la vallée à la colline à tra-

vers les champs et les bois, se cachait dans un pli
du coteau, et reparaissait, éclatante de blancheur,
sur le fond tendu de la prairie. A gauche, une petite rivière accourant d'une forêt de chênes-liéges
passait sous quelques moulins jetés dans la plaine,
et se perdait dans un lac ombragé de saules,
tout rempli de mystère. Au-dessus de ce lac s'élevait un coteau complétement boisé, et sur lequel
quatre ou cinq maisons essayaient de se cacher.
Au sommet, se trouvait le château de Marianne,
une vieille construction gothique, tombant en
ruines, mais retenue et comme encadrée par un
lierre vivace, et par un grand réseau de vignes
vierges qui montaient jusqu'au toit. De la place où
je m'étais assis, on voyait les fenêtres de la chambre de Marianne, et c'était là, quand elle était jeune
fille, qu'elle venait suspendre, lorsque j'étais en
retard pour une partie projetée, un petit drapeau
rouge et blanc... hélas ! Les vitres de sa chambre
flamboyaient au soleil couchant comme des globes
de feu. Mais elle, où était-elle? Que mon cœur était

triste! La nuit se faisait en moi plus sombre que jamais. Je n'avais même plus la force d'espérer ; tout mon courage s'étant usé dans cette dernière déception. Je plongeai ma tête dans mes mains et restai abîmé dans mes pensées. Lorsque je relevai mon visage, mes yeux se fixèrent naturellement sur cette chère demeure. Mais quoi! n'est-ce point un songe? Ai-je le délire, et la fièvre de l'angoisse me fait-elle entrevoir un mirage trompeur? C'est bien là sa fenêtre? elle est grandement ouverte! Je ne me trompe pas. J'en suis sûr, maintenant : je vois flotter au vent une écharpe blanche; le soleil l'éclaire d'un dernier reflet. Ah! c'est bien elle!... Joie suprême! elle n'a pas même oublié ce signal de notre enfance!...

Je sellai moi-même un cheval, et quelques minutes après j'arrivai comme un fou dans la cour du château. Une chaise de poste était dételée.

— Elle est arrivée, me dit le vieux Pierre.

— Venez, venez, monsieur Octave, me cria Marguerite, mademoiselle vous attend.

Je courus dans sa chambre... Marianne était là !...
là debout comme le jour où je l'avais vue pour la
dernière fois. Elle se jeta dans mes bras et je la
tins longtemps embrassée, et je baisais fièvreusement
ses cheveux dénoués, son front humide, ses yeux
en pleurs.

Est-ce bien vous, m'écriai-je, ô ma chère aimée,
est-ce bien vous?... Et je m'éloignai d'elle pour la
regarder d'un œil avide et la serrer de nouveau sur
mon cœur impuissant à contenir tant de joies!...
O premières heures du retour ! premières effusions
de nos âmes ! premiers embrassements! que votre
souvenir m'est resté cher!...

Qu'elle était embellie!... Ce n'était plus la frêle
jeune fille d'autrefois. Elle était grande, et sa taille
admirable se dessinait voluptueuse et souple sous
sa robe de voyage. Son beau visage, d'une pâleur
mate, avait acquis une plénitude de contours qui lui
manquait. Ses yeux bleus étincelaient sous leurs paupières allanguies, sa bouche autrefois boudeuse souriait à travers ses larmes avec une grâce divine, tout

4.

jusqu'au son de sa voix grave et pénétrante avait acquis de nouveaux charmes. Ah ! quelle beauté !...

Les domestiques s'émerveillaient!... et elle laissait dire et riait d'un rire d'enfant qui m'allait au cœur...

Nous causâmes longuement le soir, et Marianne me raconta ce qui s'était passé depuis son mariage. Elle en parla sans embarras, sans honte, avec une simplicité de paroles d'une grande distinction.

Ce n'était pas comme nous l'avions supposé dans des spéculations que Rodolphe avait dévoré sa fortune. Mais une de ces femmes, comme il y en a beaucoup à Paris, l'avait entraîné dans une fatale passion. Marianne, au lieu de combattre sa rivale, se renferma dans un silencieux dédain, qui irrita le caractère déjà impérieux de Rodolphe. La froideur se glissa dans le ménage; des scènes violentes vinrent à la suite. Marianne impatiente et fière demanda aux tribunaux une séparation; elle fut heureusement prononcée à l'amiable. Rodolphe, furieux contre sa femme, partit pour l'Italie. Elle resta donc

seule à Paris désespérée et mourante. Seule à vingt
ans!... Je ne sais ce qui serait arrivé, dit-elle avec
une grâce attendrie, si je n'avais reçu votre lettre,
Octave. Alors il m'a semblé que je m'éveillais d'un
songe fatal. Moi, condamnée à l'isolement, j'ai retrouvé tout à coup une famille et des amis. J'ai mis
ordre à mes affaires, et me voici, a-t-elle ajouté,
avec un gai sourire.

— Pourquoi ne pas m'écrire, méchante? j'aurais
été vous chercher. Me trouvez-vous encore trop
jeune pour vous protéger, Marianne? n'ai-je point
assez de barbe au menton. Tenez, je crois que j'ai
des cheveux blancs...

— Je le crois aussi, reprit Mariane en riant; à
l'avenir, je compterai sur votre sagesse pour me
gronder et me protéger. Vous avez l'air maintenant plus âgé que moi, ajouta-t-elle, en m'entraî-
nant vers une grande glace près de laquelle on avait
placé une lampe.

Lorsque je la vis près de moi ainsi reflétée, elle
jeune, belle, élancée, moi la dépassant de toute la

tête, ses cheveux blonds contre ma barbe noire, je me sentis frémir d'amour Marianne rougit et fut reprendre sa place, elle me parla encore de son mari et me raconta combien elle avait souffert de ses injustices et de ses dédains.

Et comme dans ma colère j'accusais Rodolphe,

— Non, me dit-elle, il n'est ni plus mauvais, ni meilleur que tout le monde ; c'est un homme, voilà tout. Faible et violent, vaniteux et cruel ; une femme plus douce, plus résignée que moi, eût pu dompter ce caractère, et le ramener dans une meilleure voie. Mais je n'ai pas su souffrir ; j'ai été orgueilleuse, imprudente et vindicative. Je n'ai pas su aimer, et je ne saurai jamais pardonner. J'accusais le ciel d'injustice, car il me semblait que j'avais droit à une large part de bonheur ; mais je le voulais complet, immense, inaltérable. Je voulais qu'il vînt à moi, et moi ne pas faire un pas vers lui... Hélas! quelle fausse idée je me faisais du monde et des choses! Comme je suis tombée de haut !

Onze heures sonnèrent à la pendule de la salle à manger.

— Adieu, Octave, me dit Marianne en me tendant la main. Retirez-vous, embrassez pour moi vos chers parents, et dites-leur que j'irai demain passer la journée avec eux.

— Je viendrai vous chercher, lui dis-je en pressant sur mes lèvres la main qu'elle m'avait offerte. Je regardai son visage que dans l'effusion de ma joie j'avais tant de fois embrassé. Mais au moment de lui demander un baiser d'adieu, je me sentis pâlir et trembler, et ce fut avec un grand trouble que je pris congé d'elle.

V

A mon retour chez moi, j'entrai dans la chambre de ma mère et je lui fis part de l'arrivée de Marianne. Elle en fut toute joyeuse.

— Raillerez-vous encore mes pressentiments, lui dis-je, et désormais leur ferez-vous un plus respecteux accueil ?

Et comme mon père entrait, nous lui fîmes part de la nouvelle, et je leur racontai ce que Marianne m'avait dit de Rodolphe.

— Elle a eu tort, dit mon père, mais c'est encore une enfant, et rien ne me semble perdu. Rodolphe reviendra, et Marianne à laquelle nous ferons entendre raison...

— Mais il aime une autre femme, m'écriai-je ! Voulez-vous imposer à Marianne une odieuse rivalité ?...

— Je veux qu'elle reste ce qu'elle est, reprit mon père presque sévèrement, une âme honnête et loyale. Ce qui lui a manqué dans ses premiers moments difficiles, ce sont les sages avis ; livrée à elle-même, elle s'est abandonnée à toute l'impétuosité de son cœur ardent. Elle a cru son bonheur à jamais détruit par une première faute de son mari ; son âme orgueilleuse s'est fermée au pardon, et elle a juré de vivre seule... La pauvre enfant est de bonne foi dans son serment ; mais ce n'est pas à son âge et avec une nature comme la sienne que l'isolement est supportable. Sans doute c'est une horrible chose que d'être trahie par celui qui a juré de vous aimer ; mais Marianne est intel-

ligente, et il sera facile de lui faire comprendre
qu'avec un peu de bonne volonté, de courage et de
douceur, elle peut encore se refaire une existence
paisible et honorée. Combien en a-t-on vu de ces
mariages qui, au début, renfermaient toutes les tempêtes et qui finissaient par être les plus heureux.
Ce n'est pas demain que je parlerai ainsi à Marianne ; son âme est trop froissée, la plaie est encore brûlante ; mais lorsque son esprit se sera at-
tendri au milieu de nous, lorsqu'elle aura bien
reconnu que le bonheur est dans le sacrifice et le
dévouement ; que l'accomplissement des vertus les
plus amères est doux au cœur, alors il sera temps
de lui faire entrevoir que sa vie peut être encore
heureuse, et que si elle croit tout perdu, elle peut
tout retrouver !...

— Une enfant de vingt ans ! dit ma mère à voix
basse et comme perdue dans ses rêveries.

— Tu as pour Marianne une grande affection,
reprit mon père ; tu dois la lui prouver en dépit
d'elle-même. Ce n'est plus le temps d'être son page,

il faut devenir son ami. Tes paroles pénétreront plus
avant dans son cœur que tous mes raisonnements.
Je me méfie un peu de ta tête, voilà pourquoi je te
parle ainsi ; sans doute tu voyais les choses diffé-
remment, mais songe que ton âge est encore celui
de l'inexpérience et des illusions. Ce n'est pas au
début du chemin qu'on peut juger de sa longueur.
Écoute-moi donc, moi qui suis presque arrivé au
terme du voyage, quand je te dis, et mon père
appuya sur ces dernières paroles , que le bonheur
est dans l'accomplissement des devoirs que Dieu
et la société nous imposent , et que le sacrifice est
rémunéré, même ici-bas, par la douceur étrange
qui émane de lui.

Je me jetai dans les bras de mon père ; c'était
une leçon, mais qu'elle était tendrement donnée !

Il me retint quelques instants sur son cœur,
comme pour me donner du courage, et je rentrai
chez moi en proie à mille émotions diverses.

VI

Le soleil se levait à peine, que j'étais déjà sorti.
La terre, tout humide, s'éveillait de sa langueur;
les prés, les coteaux et les bois semblaient avoir
une autre apparence que la veille. Un calme bien-
faisant entra dans mon âme ; je sentis ses inquié-
tudes s'apaiser, et les paroles de mon père arrivè-
rent à mon cœur avec une remarquable clarté.
J'avais eu la fièvre hier. Troublé par son délire,
j'avais cru... Non, Marianne, non, vous êtes ma

sœur bien-aimée, et ce matin, c'est sans être ému
que je baiserai votre beau front.

J'attendis que l'heure de me présenter chez elle
fût venue, et je cueillis moi-même en attendant
un énorme bouquet de roses. J'en déposai la moitié sur l'appui de la fenêtre de ma mère endormie,
et je partis dans une voiture légère pour aller chercher Marianne. Ce fut avec un vrai ravissement que
je fis ce court trajet ; les haies vives s'entr'ouvraient
sur mon passage, les luzernes relevaient leur petite
tête pâle, l'églantine rose tournait vers moi son ca-
lice délicat ; toutes ces amies semblaient me dire :
Nous te saluons, toi qui aimes, nous te saluons, toi
dont l'amour chaste ressemble à nos amours.

Lorsque j'arrivai, Marianne était au jardin. Elle
aussi faisait sa moisson, je lui offris mes roses.

— Chères fleurs, s'écria-t-elle, je retrouve en
vous tous mes souvenirs ! Soyez les bienvenues,
roses vermeilles, roses blanches, et toi surtout,
rose mousseuse, dont ma coquetterie m'a souvent
fait une parure !

Nous montâmes en voiture, et elle s'assit à mon côté. Je ne pus m'empêcher de songer avec tristesse qu'elle eût pu être ma femme, que cette maison où je la conduisais eût pu être la sienne; je la regardais: elle aussi était émue, et ses yeux pleins de larmes erraient sur la campagne inondée de soleil. Le vent du matin animait ses joues et soulevait ses cheveux légers. Elle portait une robe d'un bleu très-pâle et un de ces chapeaux Louis XIII, dont la mode était alors nouvelle; elle avait l'air d'un jeune page allant à son premier rendez-vous.

Lorsque nous fûmes arrivés au château, elle sauta légèrement de la voiture et courut se jeter dans les bras de ma mère. Quand je la vis aussi par un geste tout filial tendre à mon père son beau visage, il me prit comme une sorte de rage contre elle.

— Pourquoi n'est-elle pas sa fille? m'écriai-je presque involontairement.

La journée se passa dans les douceurs d'une intime causerie. Il fut convenu que tous les matins j'irais chercher Marianne et qu'elle viendrait passer

la journée près de ma mère. Malgré nos instances,
elle ne voulut point accepter un appartement au
château.

— Laissez-moi rentrer chaque soir, me dit-elle,
je reviens dans ma chambrette avec un vif mouvement de joie. En mettant ma tête sur mon oreiller
de jeune fille, toutes les bonnes pensées, toutes les
saintes illusions, tous les rêves naïfs me reviennent
au cœur.

Malgré l'empire qu'elle avait sur elle-même et
l'habitude du monde, qui la faisait constamment
aimable, elle avait des moments d'abattement et de
tristesse qui me tourmentaient. Je lui en parlai un
soir que nous revenions chez elle.

Hélas! me dit-elle, ne sentez-vous pas tout ce
qui me manque!... Je suis femme sans mari, fille
sans mère, et épouse sans enfant!... Croyez-vous
que ce ne soit pas sans une profonde terreur que
j'envisage l'avenir? Autour de moi, le vide, devant
moi la solitude. J'ai vu des femmes avoir l'amour de
leur mari, et des enfants sur leurs genoux; je me

suis détournée en versant des larmes amères... Que
voulez-vous que je devienne ainsi seule au monde?
Le jour n'est pas loin où vous éprouverez pour une
jeune fille cet amour ardent et implacable qui chasse
du cœur tous les autres sentiments. Notre pauvre
amitié disparaîtra comme les autres. Vous ignorez
peut-être comme le bonheur est égoïste et cruel.
Vous me retirerez votre affection sans pitié, et ce
sera juste, et je ne pourrai vous en vouloir, car
c'est la loi humaine.

— Non, Marianne, m'écriai-je dans un subit élan,
non, je vous aime si absolument, que vous remplis-
sez mon âme tout entière. Jamais une autre femme
que vous ne fera battre mon cœur, jamais elle ne
m'inspirera cette affection que vous appelez amitié,
que je ne nommerai point amour, mais qui tient de
l'un et de l'autre. Tant que je pourrai quelquefois
vous voir, je ne demanderai au ciel aucune nouvelle
grâce, si ce n'est de me laisser mon bonheur. Tenez,
lui dis-je, en pressant sa main sur mes lèvres,
tenez, Marianne, en face de ce beau ciel, de cette

nature radieuse et couverte des dons de Dieu, je jure de vous aimer uniquement toute ma vie ! Recevez ce serment et puissé-je si j'y manque jamais !...

— Ne jurez pas, s'écria-t-elle d'une voix tremblante, ne jurez pas, Octave ! Vous ne savez pas à quoi vous vous engagez si follement. Quoi renoncer à l'amour !... Vous condamner pour la vie à ma stérile amitié lorsque votre jeunesse demande une compagne ardente comme vous, libre comme vous ! Et de quel droit accepterais-je un pareil sacrifice ! et que donnerais-je en échange, moi qui ne m'appartiens plus !...

Les larmes la suffoquèrent, je la fis asseoir sur un tertre tout couvert de gazon, et je m'assis à ses côtés. Il faisait une de ces tièdes nuits toutes parsemées d'étoiles ; on n'entendait autour de soi aucun bruit, si ce n'était le clapotement de la rivière passant sous les roues du moulin, et le souffle léger du vent dans les feuilles frémissantes.

Je tâchai de la calmer, mais je ne sais pourquoi lorsque mon cœur était si plein, je ne pus trouver que quelques phrases banales, dont elle comprit bien vite l'impuissance.

— Non, dit-elle, tout aime dans la nature, et tout se le dit. Aimer est le grand but de la vie. Loin de l'amour que chercher?... il n'y a rien à attendre en deça et au delà.

— Mais je vous aime, Marianne, m'écriai-je en la pressant sur mon cœur, troublé par ses ardentes paroles : mais je vous aime et depuis si longtemps !

Elle m'interrompit, et se dégageant de mes bras, elle me regarda fixement.

—Écoutez, dit-elle, tout ceci est sérieux : je sens que nous faisons un grand pas dans la vie. M'aimez-vous assez pour que je sois toujours la seule dans votre âme? renoncez-vous aux voluptés de l'amour pour les sévères douceurs d'une tendresse chaste ? Avez-vous donc pour moi une passion si noble qu'elle puisse rester toujours pure, et ne viendra-t-il pas une heure, un moment, où vous me reprocherez vos joies incomplètes? Garderez-vous mon

honneur avec un soin jaloux ?... me répondez-vous
de vous-même, Octave ?

— Je le jure par vous-même, ô ma bien-aimée,
lui dis-je.

Et incapable de parler, suffoqué par l'émotion, je
me jetai à ses pieds, que je baisai avec un pieux
respect.

— Eh bien ! aimez-moi donc ; s'écria-t-elle, que
cette soif dévorante qui me brûle le cœur soit enfin
apaisée ! Aimez-moi ! et que je meure, le jour où
vous oublierez vos serments ?

Elle se jeta dans mes bras : je la retins longtemps
sur mon cœur ; sa tête se pencha sur mon épaule,
et elle pleura abondamment ; je l'enveloppai de
ma tendresse, je la berçai de douces paroles... Nous
restâmes là de longues heures, dans une extase infinie, sans désirs et peut-être sans pensées : nos
âmes émues se parlaient une langue mystérieuse,
dont nous éprouvions la jouissance, mais que
nous n'entendions pas.

Une large bande de pourpre à l'horizon m'avertit que le jour allait paraître. Je ramenai ma bien-aimée chez elle, et je rentrai au château comme le soleil se levait.

Les jours qui suivirent cette nuit d'effusions et de larmes furent complétement heureux : j'aimais tant Marianne!... Je soignai avec sollicitude cette âme prompte à s'effaroucher, si inquiète et si insatiable. Nous faisions de longues courses le matin dans les prés humides, le soir dans les grands bois lorsque le soleil allongeait les ombres. Ce fut alors que je remarquai l'influence de la température sur l'esprit de ma maîtresse, et j'étais sûr, en voyant l'état du ciel de savoir la tendance de ses pensées ; nulle n'était plus impressionnable qu'elle, quoique avec un fonds de caractère lui appartenant bien. C'était un lac profond alimenté par une source éternelle, mais le lac, quoique immuable, ne reflète-t-il pas le changeant azur, l'oiseau qui vole, l'arbre qui se penche ? C'était à moi de veiller qu'aucun nuage ne vînt troubler le cristal de son âme et souvent, hélas ! mes précau-

tions furent employées en vain, car elle était soupçon-
neuse, prompte à s'alarmer, et méfiante d'elle-même.

Je n'avais pas revu Madeline malgré mes promesses. J'avais complétement oublié la pauvre fille,
et à mon grand étonnement, j'avais cessé d'entendre parler d'elle. Je remettais de jour en jour le
soin de la voir pour l'engager à entrer dans des
idées nouvelles. Marianne m'occupait tellement
que tout ce qui n'était pas elle me devenait insup-
portable. Cet amour grandissait tous les jours; il
était facile de cacher à ma mère l'étendue de ma
passion, mais mon père commença à s'alarmer. Il
me parla, comme le jour de l'arrivée de Marianne,
de sacrifices et de devoirs ; mais ce langage, je ne
l'entendais plus... et je m'étonnais grandement de
l'avoir compris. Rodolphe avait, par sa conduite,
dégagé sa femme et Marianne était libre.

— Que demande-t-elle ? disais-je, du calme et
de l'affection... Pourquoi renvoyer cette enfant ?
que peut-on exiger d'elle ? n'est-elle pas la plus
charitable, la plus simple, la plus douce ? regrette-

t-elle ses fêtes brillantes, ses succès éclatants, sa vie luxueuse? Laissez-la, mon père, à ses joies paisibles et à sa vie tranquille; son âme se fortifie dans la solitude...

— Non, elle s'énerve et s'amollit, dit mon père; elle est moins forte que lorsqu'elle est arrivée. C'est une vraie nature de femme : énergique lorqu'elle ne compte que sur elle-même, vacillante lorsqu'elle s'appuie. Elle a maintenant l'exagération de la faiblesse, comme elle a eu l'exagération de la force; et sais-tu pourquoi? c'est parce qu'elle se sait passionnément aimée... que ton amour l'engourdit et qu'elle te remet le soin des grandes choses de sa vie. Elle a ton amour, cela suffit pour alimenter l'ardent foyer de son cœur, toujours prêt à dévorer quelque chose. Mais sois en sûr, lorsque tu ne pourras plus fournir d'aliments à cette inquiète flamme, tu la verras pâlir et s'éteindre. Marianne t'en voudra alors de ne pas l'avoir mieux conseillée; dans son injustice et son ingratitude elle t'accusera de sa faiblesse et de son impuissance , et te reprochera amèrement les cendres éteintes de son cœur.

Qu'un homme, de retour depuis trente ans, vous parle d'un pays dont vous arrivez, vous raillez ses souvenirs vieillis. Un chemin de fer a remplacé la grande route, des maisons sont tombées en ruine , on a bâti des palais, les arbres ont été arrachés, on a ouvert de nouvelles rues. La marquise est morte, et la beauté d'alors est une vénérable aïeule. Quelle autorité aura près de vous le vieux voyageur? N'êtes-vous pas mieux renseigné? S'il vous dit que l'eau de la source est trop froide, le soleil du midi trop brûlant, qu'il faut se défier de l'attrayante fraîcheur des nuits, ses avis vous laisseront incrédule, et vous boirez l'eau perfide , vous exposerez votre front aux ardeurs de l'été, vous resterez le soir de longues heures sous le ciel humide. Vous rirez de son expérience, jusqu'au jour où, brisé par la fièvre, vous tâcherez de vous rappeler religieusement le remède que, dans sa prudence, il vous avait indiqué.

Mon père était pour moi le vieux voyageur; la terre de l'amour il l'avait oubliée, et ses souvenirs étaient confus. Ne savais-je pas mieux que lui l'âme de Marianne ?

Un matin que je l'allais chercher, je la trouvai nerveuse et agitée; elle m'en dit la cause : sa mère avait appris sa séparation par Rodolphe lui-même qu'elle avait rencontré à Naples. Elle me montra une longue lettre dans laquelle Mme de Belfast engageait sa fille à pardonner : les phrases étaient affectueuses, mais sans tendresse. L'âme passionnée de Marianne n'admettait pas la tiédeur de ces rai- sonnements , elle ne comprenait que les élans, et elle se plaignit de la froideur de sa mère...

— Ah ! que ne m'a-t-elle crié : Viens!... disait la pauvre enfant dans ses larmes; que j'aurais bien compris ce mot, prononcé avant toute autre chose ! Voyez, Octave, comme je suis cruellement frap- pée : dans le cœur de ma mère elle-même, je n'ai qu'une place secondaire. Croit-elle donc avoir tout fait parce qu'elle m'a donné un mari ? ses devoirs

se bornent-ils là? l'influence d'une mère ne doit-
elle pas s'étendre plus loin? ne suis-je pas toujours
une enfant avide de caresses?... Que maudits soient
ceux qui m'ont chassée de ce cœur que je remplis-
sais tout entier! ajouta Marianne dans l'égoïsme de
sa douleur.... Mais, que soit plutòt maudit le jour
où je suis née; qu'ai-je à faire sur la terre? où sont
mes devoirs? où est-elle, la voie que je dois suivre?
où sont-ils, ceux que je dois faire vivre de ma vie
elle-même? ah! ne suis-je pas le rameau stérile
dont parle l'Écriture?

Je laissai se calmer l'orage de son âme sans
lui parler de moi qu'elle oubliait. Elle comprit
bientôt son ingratitude, et pour se faire pardonner, elle sécha ses larmes, et me sourit d'un bon
sourire.

Il faisait une chaleur lourde et accablante, le ciel
était chargé d'épais nuages immobiles; pas un souffle d'air n'agitait les arbres; la terre brûlante
craquait sous nos pieds. Marianne voulait rester
chez elle, mais comme je craignis une nouvelle

rechute de cet esprit malade, j'insistai pour l'emmener. Elle voulut marcher, et ce fut à pas lents que nous descendîmes le coteau, et comme je la raillais sur son allure paresseuse, elle quitta mon bras et se mit à courir.

Je la vois encore : une robe légère d'un rose vif entourait sa taille de larges plis souples; son corsage très-bas laissait voir ses épaules que recouvrait un tissu blanc et diaphane, dont les bouts se cachaient dans une ceinture de même couleur que sa robe, fermée par une agrafe d'argent; elle tenait son chapeau rond à la main. Je m'arrêtai pour la considérer. N'entendant plus mes pas derrière elle, elle se tourna brusquement pour me railler à son tour. Grand Dieu ! qu'elle était belle ! ses yeux brillaient, sa bouche entr'ouverte laissait voir ses dents blanches, ses joues colorées changeaient sa physionomie et lui donnaient un charme provoquant. Tout respirait en elle la volupté la plus attrayante : je me troublai sous ses regards; et comme je ne venais point à elle, elle accourut vers moi.

— Éloignez-vous, m'écriai-je ; vous êtes trop belle, Marianne, vos lèvres sourient avec trop d'amour, vos bras nus m'attirent dangereusement... O folle, êtes-vous donc si ignorante, que vous ne sachiez le pouvoir de votre beauté ?...

— Allons, me dit-elle d'une voix un peu tremblante, et comme si elle ne m'eût point entendu, l'heure s'avance, et votre mère s'inquiète. Nous serons grondés comme des enfants, pour notre inexactitude et notre paresse.

Et, sans prendre mon bras, elle marcha silencieusement à mon côté, effeuillant d'un air distrait les fleurs qui se trouvaient sur son passage. Ce fut sans avoir prononcé une parole que nous arrivâmes à la maison.

Mon père nous reprocha de ne point avoir profité de la fraîcheur de la matinée pour notre course.

— Nous allons avoir de l'orage, dit-il comme nous nous mettions à table, il faut que j'aille avertir

le fermier de faire immédiatement rentrer ce qui
reste de gerbes avant le mauvais temps.

— Oh ! reprit ma mère, ce ne sera pas avant ce
soir ; les nuages sont lourds, mais l'horizon est
clair, et si le vent se lève, il pourrait bien emporter l'orage loin de nous. J'ai mis quelques femmes
à travailler au jardin, mais elles s'amusent à cou-
per mes fleurs et mangent mes pêches ; Marianne
et Octave devraient bien aller les surveiller ; du
berceau vert, vous pourrez les voir, ajouta ma
mère.

Marianne fut chercher son ouvrage ; elle me pria
d'emporter un livre, et nous descendîmes au
jardin.

J'avais pris un volume d'Alfred de Musset, et,
tandis que les mains de Marianne, toujours silencieuse, couraient sur le canevas, je m'assis à son
côté, et ouvris le livre au hasard.

Je tombai sur les pages éloquentes du *Souvenir*.
Marianne m'écoutait sans m'interrompre, et avec
un visage calme et presque froid.

La chaleur devenait plus intense, les abeilles passaient en bourdonnant près de nous ; les nuages s'épaississaient de moment en moment, le soleil, demi-voilé, ne répandait qu'une lumière terne... la nature semblait accablée sous le poids du jour ; je laissai tomber le livre à mes pieds, et pris d'une inexprimable fatigue, je regardai Marianne.

Elle était fort pâle ; ses paupières baissées voilaient ses yeux rêveurs ; sa bouche s'entr'ouvrait, sa respiration haletante soulevait son corsage, ses cheveux, rejetés en arrière, se tordaient sur son cou penché : on voyait, sous la dentelle qui recouvraient ses épaules, sa belle chair nacrée. Je la regardais toujours, et sous l'intensité de mon regard, je la voyais pâlir davantage ; tout se décolorait sur son visage, jusqu'au rose de ses lèvres ; je sentais qu'elle souffrait, mais poussé par un inexplicable sentiment, je trouvais une grande volupté à la voir ainsi accablée.

Tout à coup, son ouvrage s'échappa de ses mains, ses yeux se fermèrent et sa tête inanimée tomba sur mon épaule. Effrayé de son état, je la soulevai dans mes bras et j'appelai du secours ; les femmes qui travaillaient accoururent et poussèrent des cris en la voyant sans connaissance.

Je pris ma course au milieu d'elles, et avec mon fardeau, je m'acheminai vers la maison.

Lorsque j'eus déposé Marianne sur le lit de ma mère, la fraîcheur de la chambre la ranima ; elle ouvrit ses beaux yeux, et voyant les miens fixés sur son visage avec inquiétude :

— Ce n'est rien, dit-elle avec un sourire : la chaleur et le grand air, mes larmes de ce matin...

— Dormez, lui dis-je en la baisant au front, dormez, ma chérie, vous avez besoin de repos et de sommeil.

Je drapai avec soin autour de ses petits pieds les plis flottants de sa robe, et je me hâtai de quitter la chambre.

Malgré la chaleur de l'atmosphère, j'éprouvais le

besoin d'une fatigue physique. Après avoir averti
ma mère de l'indisposition de Marianne, je descendis jusqu'à la rivière, espérant y trouver un peu
de calme et de fraîcheur. Il me vint bien à l'esprit
d'aller chez Madeline, mais je rejetai cette pensée
avec horreur, quoique ce fût pour lui dire un adieu
que ses bonnes qualités lui méritaient. Il était évident que la vue de cette fille m'était comme une
sorte de remords, et dans ma disposition d'esprit,
j'étais peu disposé au repentir. Je ne pouvais
m'empêcher de mesurer avec effroi la route déjà
parcourue avec Marianne, et je sentais bien que la
chasteté de notre amour touchait à sa fin. Il m'avait
suffi de la considérer pendant une minute comme
une femme pour que mon imagination fût à jamais
troublée. Il est de ces sentiments si délicats, que,
pareils à certains aciers, un souffle suffit pour en
altérer la pureté. Je ne pouvais me nier que la
chère créature ne fût descendue de son piédestal
imaginaire. Tout en sentant mon amour mille fois
plus ardent et plus tendre, je l'aimais autrement.

Mais, qu'opposer à cette envahissante passion ? que ferais-je lorsque je sentirais Marianne s'appuyer sur mon cœur ? dans cette terrible lutte des sens et du cœur, ce dernier l'emportera-t-il toujours ? et si je succombe, ne perdrai-je point ma maîtresse, justement offensée de mon égarement ?

Ce fut dans ces angoisses et dans ces luttes que s'écoula la fin du jour. Lorsque je revins au château, j'étais bien décidé à vaincre ma passion. Avant toutes choses le repos de Marianne m'était cher.

Après le dîner, nous allâmes nous asseoir sur la terrasse ; l'air était étouffant, le soleil se couchait au milieu de vapeurs épaisses dont ses derniers rayons éclairaient les franges étincelantes ; les oiseaux n'avaient pu attendre la fin du jour pour cesser de chanter ; les ramiers s'étaient tous abrités sous le toit du colombier, les hirondelles rasaient le sol, pas un soufle ne troublait le calme singulier de l'atmosphère. De gros nuages commencèrent à s'amonceler ; ils flottaient lentement dans l'air et semblaient s'attendre ; il y avait quelque chose de saisissant dans cette vague inquiétude de la nature ; aucun de nous n'échappait à l'influence mystérieuse de cette attente, mais Marianne en était accablée.

Elle parla de partir, le ciel était si menaçant que ma mère la retint. On alla préparer pour elle la petite chambre que, jeune fille, elle avait souvent occupée ; je fus saisi à cette pensée d'une joie amère. Cette chambre était près de la mienne ; un corridor étroit séparait les portes. C'est là qu'*elle* allait dormir !... Tous nos souvenirs me revinrent en foule, et notre jeunesse se dressa devant moi. Je songeai à nos jeux, aux premiers bégayements de mon amour, à notre adieu terrible sur le seuil de la chambre nuptiale. Puis elle était partie, et voici que le hasard me la ramenait et enfermait l'un près de l'autre sous le même toit, presque côte à côte, deux êtres à jamais séparés. Je creusais cette pensée, je la retournais dans mon cœur ; je me plaignais de cette impi-

toyable raillerie de la destinée, et cependant pour
rien au monde je n'eusse voulu voir Marianne nous
quitter ce soir-là.

La nuit était venue depuis longtemps quand ma
mère conduisit Marianne à sa chambre ; mon père
me quitta en me disant qu'il avait à me parler sérieusement le lendemain ; je devinai qu'il s'agissait
d'elle et j'en fus contrarié.

Quand je fus seul dans ma chambre, je me mis à
me promener longuement perdu dans mes souvenirs.
J'essayai de lire, mais je ne pus fixer sur les pages
entr'ouvertes qu'un regard distrait ; l'idée de me
coucher ne m'était pas venue. Il me semblait qu'il fût
nécessaire que je restasse éveillé, et que ce soir-là
il ne pouvait manquer d'arriver quelque chose de
décisif ; chaque fois que je passais devant ma porte
je m'arrêtais, j'écoutais, il me semblait que Marianne
m'appelait. Une fois je crus entendre mon nom ; je
frissonnai de la tête aux pieds ; elle était peut-être
souffrante ? Cette pensée finit par s'emparer à un
tel point de moi, que j'éteignis ma lampe, et quit-

tant doucement ma chambre, je traversai le couloir, sur la pointe des pieds, et je m'approchai de la porte de Marianne. A travers les fentes du bois, je vis de la lumière ; elle ne dormait donc pas ? Je restai ainsi en proie à un trouble inexprimable, muet devant cette porte muette !... retenant mon souffle et tremblant que les bonds précipités de mon cœur ne me trahissent ! Onze heures sonnèrent à l'horloge du château ! Pourquoi cette sonnerie vibra-t-elle d'une façon si étrange à mon oreille ?

Il y avait une heure que j'étais à la porte de Marianne, la lumière brûlait encore. Soudain mon attention fut attirée par un bruit lointain, semblable aux roulements d'une lourde voiture : c'était le tonnerre, l'orage approchait. A travers la fenêtre du couloir, je voyais de temps à autre briller des éclairs qui illuminaient fantastiquement le paysage... puis tout rentrait dans la nuit.

L'air était tellement lourd, que je me sentis comme pris de vertige.

Alors il me sembla que j'entendais le frôlement

d'une robe. C'était Marianne sans doute qui marchait dans sa chambre ; peut-être allait-elle ouvrir sa porte... A cette pensée, je me rapprochai instinc- tivement de la mienne avec une grande palpitation ; mais je reconnus bientôt que c'étaient les feuilles des arbres remuées par un souffle encore à peine sensible qui bruissaient à l'approche de l'ouragan.

O quelle nuit!... orages de mon cœur, qui pour- raient vous redire ? Comment pourrai-je parler sans mourir des suprêmes alternatives de douleurs et d'espérances qui visitèrent mon âme pendant ces heures troublées?

J'étais arrivé à un degré inouï d'exaltation. Je me demandais ce que je faisais ainsi devant cette porte fermée. Cette simple question me boul- versa et je sentis le sang me monter vivement au visage... Je songeai à cette première nuit d'orage plus calme que celle-ci, et qui pourtant avait jeté Marianne dans mes bras. N'y avait-il pas quelque chose de fatal dans tout ceci ? L'intervention irrésis- tible de la nature, d'habitude si indifférente à nos joies et à nos peines, n'était-elle pas visible, palpable ? Une terreur superstitieuse me saisit... Qu'attendais-je ainsi ?

Des pensées mauvaises me vinrent. Il n'y avait entre elle et moi qu'une porte mal jointe. Je pouvais l'enfoncer d'un coup de poing. Mon imagination me représentait Marianne éperdue, me demandant grâce, et j'éprouvais une sorte de joie cruelle, en songeant à cette horrible lutte. Mais ce fut précisément la faiblesse de l'obstacle qui me sauva. Ah ! s'il se fût agi d'escalader un mur, d'affronter quelque danger, rien, je le sens encore, n'eût pu me retenir !

Un effroyable coup de tonnerre éclata dans ce moment et remua la maison de fond en comble. La fenêtre du couloir fut défoncée, et une rafale vint s'engager dans cet étroit espace avec un sifflement aigu. Je fus presque renversé, je me retins aux ais de la porte. Tout craquait autour de moi, comme dans un navire en perdition. La porte de Marianne ne résista point à de pareilles secousses, elle s'ouvrit avec un grand fracas... La lumière qui veillait à

côté d'elle, jeta une vive clarté puis s'éteignit... Mais,
je l'avais entrevue... et je la vois encore... pâle,
les cheveux dénoués, les épaules nues, tenant sur
ses genoux un livre demeuré entr'ouvert. Ses yeux
étaient fixes et comme agrandis par une indicible
terreur. Elle me vit (car elle tressaillit), elle me vit
alors enivré, tremblant, debout sur le seuil de cette
chambre où l'orage m'avait jeté !...

Effrayé par l'égarement de son visage, je courus
à elle. Je m'agenouillai près de son lit... j'entendis plus haut que le bruit de l'ouragan, le souffle
précipité qui soulevait sa poitrine. Je pris sa main,
elle était froide et tremblante ; je la couvris de baisers, et elle ne songea pas à la retirer ; mais elle
demeura muette. — Seulement, chaque fois qu'un
éclair brillait Marianne se cachait les yeux de sa
main restée libre, et frémissait comme si la foudre
eût passé dans ses veines

Et, cette nuit-là, il y eut dans cette petite chambre bien des sanglots et bien des angoisses... Longtemps aucune pensée ardente ne vint m'agiter... Il

n'y a rien de chaste comme les larmes... Ne me
demandez pas comment nous sortîmes de cette douloureuse léthargie, je ne saurais vous le redire...
Quel fut celui de nous deux qui le premier osa rompre ce silence *si vivant*, et quelles paroles furent
prononcées? je l'ai oublié... Il est des moments
dans la vie où le temps s'arrête, où une minute et
une heure ont le même poids... Il est aussi de ces
dispositions morales où les mots n'ont plus le sens
ordinaire, leur valeur accoutumée, où l'âme dé-
borde, où le cœur impuissant s'agite. Mais quelle
langue audacieuse pourrait jamais raconter ces mystérieux et terribles entretiens ?...

Je me souviens cependant du choc que je res-
sentis lorsque Marianne parla. Il me semblait qu'il
y eût un siècle que je n'eusse entendu cette voix...
et je l'écoutais comme une voix nouvelle... Ses
paroles étaient calmes, graves, sérieuses; mais un
éclair me la montra palpitante, les yeux noyés, la
bouche émue, les épaules découvertes et toute
éblouissante de blancheur... Ses cheveux blonds

6.

flottaient autour d'elle comme un voile déchiré...

Sans lui répondre, je serrai ses bras contre ma poitrine, et je les couvris de baisers et de larmes.

— Octave, me dit-elle en cherchant à se dérober à mes lèvres, laissez-moi... Ne sommes-nous pas assez malheureux? Retournez chez vous... je vous en supplie... au nom même *de notre amour!*

— Tu m'aimes donc! m'écriai-je.

Et il s'éleva dans mon âme comme un concert d'allégresse...

O Dieu! je l'entends encore ce cri qui répondit au mien. C'est mon plus cher souvenir, car elle a dit qu'elle m'aimait! Qui voudrait m'enlever ma seule espérance? C'est ce mot qui m'a jeté dans cette folle poursuite où s'usera ma jeunesse!...

Je me levai avec transport. Je pris dans mes bras ma chère maîtresse, et je l'attirai sur mon cœur. Et je baisai alors réellement pour la première fois ce visage aimé, ces yeux mourants, ces lèvres allanguies...

Elle me repoussa de la main, et me parla de ses devoirs d'une voix défaillante.

— Qu'il en soit fait ainsi que vous le voulez, lui dis-je en prenant une résolution soudaine. Je vais m'éloigner de vous, ma chère Marianne, mais pour vous conquérir plus sûrement. Promettez-moi de mettre fin à nos angoisses. Nous fuirons tous les deux. Dès demain, je ferai les préparatifs de notre départ. Nous trouverons bien quelque nid pour y cacher notre bonheur, Dieu n'en refuse pas aux oiseaux lorsque, le printemps venu, ils se mettent à chanter et à aimer.

— Je le veux bien, dit-elle simplement. Et comme je lui racontai mon amour, elle me le dit aussi, le sien, qu'elle avait méconnu d'abord, mais qui lui fut révélé à ma première lettre; et il nous semblait que nous savions déjà depuis longtemps tout ce que nous venions de nous apprendre. Puis, s'animant à mesure qu'elle parlait :

— Jurez-moi, dit-elle, que vous n'avez jamais aimé personne que moi! Que ces paroles qui m'eni-

vrent d'espérance n'ont jamais séduit d'autre cœur
que le mien! Jurez-le-moi, Octave, au nom des
joies et des douleurs de l'amour, en face de ce ciel
irrité !

Obéissant à cet appel passionné, j'oubliai Madeline ; je n'hésitai pas et je jurai par le ciel, et je
fus deux fois parjure.

Le cœur ambitieux de Marianne fut inondé de
joie. Elle me remercia ardemment de l'avoir atten-
due. Le calme se fit dans cette nature jalouse.
Pour moi, je ne pouvais croire à tant de bonheur. Je lui faisais répéter vingt fois de suite
que nous partirions ensemble... et elle satisfaisait
avec le même entraînement à mes questions répé-
tées.

— Ainsi, lui disais-je, tu me suivras?

— Je te suivrai.

— Aucune fatigue, aucun danger ne t'arrêtera ?

— Rien ne m'arrêtera.

— Et tu ne regretteras pas ta vie brillante de

Paris, ces nombreux hommages qui escortaient ta vie, honorée de tous, enviée de toutes?

— Je ne regretterai rien.

— Et tu seras ma compagne assidue à travers la joie et la douleur, à travers le bien et le mal, de même que toutes mes pensées, toutes mes actions t'appartiendront, de même tu vivras pour moi seul.

— Oui, pour toi seul.

.   .   .   .

C'est ainsi qu'au milieu de cette nuit troublée, se déroulaient ces litanies naïves et passionnées de l'amour.

Je regagnai ma chambre en chancelant; j'étais brisé par l'émotion de cette lutte où Marianne et moi avions été vaincus tous les deux.

Sans faire de projets pour le jour qui allait paraître, l'esprit comme vide de pensées, je me jetai sur mon lit et je m'assoupis d'un sommeil fiévreux. Quand je m'éveillai, le soleil était déjà haut dans le ciel ; sauf quelques arbres abattus par le vent, l'orage avait laissé peu de traces.

La lumière souriait gaîment sur ces blessures passagères de la nature. Combien plus profondes et moins guérissables sont celles du cœur de l'homme!

C'était un dimanche, et la cloche de l'église placée au milieu de la vallée jetait dans l'air des tintements joyeux quoique graves. Elles appelait aux offices les paysans des fermes et des hameaux environnants. Je m'habillai et j'allai promptement rejoindre au salon mon père, ma mère et Marianne qui m'attendaient pour aller à la messe.

Marianne était extrêmement pâle et cependant il y avait dans toute sa personne quelque chose de calme et d'assuré que je ne lui avais jamais connu auparavant. Sans doute, éprouvait-elle le sentiment du marin longtemps battu par les vents contraires, qui rencontre inopinément un port où il pourra s'abriter ; mais si ce port est celui où s'est écoulée son enfance, où l'attendent les joies de la famille, alors, quelle paix profonde va remplacer les agitations de

son âme impatientée. Mon amour si fort, si absolu,
était pour Marianne ce refuge inespéré.

Nous descendîmes à travers les allées du parc,
vers l'église. Dans quelques endroits le sable avait
été emporté par l'eau.

— Il a fait de l'orage cette nuit, dit mon père en
me regardant attentivement.

Je me troublai, Marianne rougit.

De tous côtés les villageois se rendaient à la
messe, et lorsqu'ils nous rencontraient, ils nous
saluaient gaiement, car mon père était bon pour
ses fermiers, quoique sévère, et Marianne était la
providence de tous ceux qui souffraient.

Nous prîmes nos places, dans la nef de l'église,
Marianne à mon côté, comme si elle eût été ma
femme.

Le prêtre, dans sa robe d'or, monta à l'autel.

Nous ne le connaissions que depuis quelques
jours. Il avait une belle tête souffrante et résignée.
On disait vaguement dans le pays qu'il faisait une

rude pénitence, mais que nulle âme n'était plus douce.

« Je m'approcherai de l'autel de Dieu, dit-il d'une voix profonde.

» Du Dieu qui réjouit ma jeunesse.

» O mon âme, pourquoi êtes-vous triste, et pourquoi me troublez-vous?

» Que le Seigneur soit avec vous, » dit-il en se retournant vers le peuple pour le bénir, et le peuple s'inclinait en répondant :

« Et avec votre esprit. »

Après la lecture de l'Évangile, il monta en chaire: tous les yeux se fixèrent religieusement sur lui.

Il prit pour texte de son sermon, cette simple et admirable parole :

« Heureux ceux qui souffrent sur la terre, car ils seront récompensés dans les cieux. »

Il parla à ses pauvres paysans de repos céleste et de béatitude éternelle. Il montra à ces travailleurs fatigués, les récompenses d'une vie chaste. Il leur dépeignit non point un Dieu irrité, mais un

père tendre, leur ouvrant des bras consolateurs.
Il ne leur dit point de prier longuement, mais il
leur enseigna que chaque action juste, honnête,
laborieuse, était agréable à Dieu. Il leur prouva
avec l'Évangile que chaque souffrance serait récom-
pensée par une joie mille fois plus grande, et qu'il
leur était facile à eux, les pauvres et les simples,
d'aller paisiblement s'endormir dans le sein du
Seigneur. Il leur montra comme quoi Dieu les aimait, et qu'il avait choisi ses apôtres parmi eux,
de préférence aux grands de la terre. Puis s'adressant aux nombreuses femmes agenouillées autour
de lui, il leur raconta la vie modeste de la mère du
Christ. Ses longues douleurs, ses angoisses mater-
nelles. Comme elles, la Vierge était d'une classe
pauvre, et elle travaillait de ses mains bénies. Il
entreprit la glorification du travail pénible de
chaque jour, la glorification de la sueur du peuple,
et des larmes de la mère de famille. Chaque enfant
qu'elle élève est une âme qu'elle donne à Dieu. Il
sut parler au cœur de ces femmes endurcies par

7

de pénibles labeurs et par la lutte constante avec
la misère. Plusieurs d'entre elles étaient émues,
quelques-unes essuyaient leurs yeux du coin de
leurs tabliers des dimanches... et comme il fallait
que chacun eût sa part dans cette abondante moisson de la parole de Dieu, il se tourna du côté des
jeunes filles, et sans leur défendre les amusements
de leur âge, avec une voix attendrie, il loua leur
modestie, leur pureté. Cette piété qui les faisait
orner avec tant de soin l'autel de leur mère, ajou-
ta-t-il en montrant l'image de la Vierge entourée
de fleurs... il les conjura de persévérer ; mais que
s'il y en avait d'égarées, qu'elles devaient s'en
retourner en toute hâte dans le divin bercail ; et il
leur raconta la parabole de l'Évangile, où le Seigneur rapporte sur ses épaules la brebis retrouvée ;
la joie du ciel à la vue de la pécheresse qui se
repent ; le cœur de Dieu constamment ouvert pour
la recevoir, et sa robe de repentir, et les longs
cheveux de Madeline essuyant les pieds du Sauveur, et la phrase touchante du maître à ceux qui

voulaient renvoyer la coupable : *Qu'il lui serait beaucoup pardonné, parce qu'elle avait beaucoup aimé !* Et sur ce thème nouveau, emporté peut-être par son cœur, le prêtre se livra à une improvisation émue. Une femme qui pleurait dans un coin de l'église et dont les sanglots ne se dissimulaient pas, fit retourner toutes les têtes, tandis que le ministre de Dieu descendait lentement de sa chaire. Je regardais aussi, et malgré les mains voilant le visage, je reconnus la tête encadrée du foulard bleu de Madeline. Il me sembla que tous les yeux me regardaient, et je me sentis pâlir. Marianne elle-même, distraite pendant le sermon, me fixait avec inquiétude.

— Qu'avez-vous donc, me dit-elle, à voix basse et connaissez-vous, cette femme qui pleure ?

— Non, répondis-je, troublé par sa question.

Mais, le soupçon dans cette âme était plus prompt à s'élever que le vent dans le désert... ses lèvres tremblèrent et je la vis pâlir.

— Dites-moi le nom de cette fille, demanda-t-elle à voix basse, à une jeune femme agenouillée devant elle.

— Madeline; c'est la fille de Pierre, l'oiseleur.

— Et pourquoi pleure-t-elle ainsi ?

La fermière ne répondit pas, mais elle fixa sur moi un long regard qui fit tressaillir Marianne.

— Au nom du ciel, lui dis-je, comme elle s'asseyait en portant la main à son cœur. Ne me jugez pas Marianne, je vous expliquerai tout...

— Ah ! il y a donc quelque chose à expliquer, dit-elle en m'interrompant.

— *Sursum corda*, disait le prêtre... d'une voix haute.

— Élevons nos cœurs, reprit Marianne en se jetant à genoux.

Lorsque nous sortîmes de l'église, mon père s'arrêta sur la place qui l'entourait pour causer avec un fermier. Ma mère appela une femme qui travaillait en journée et lui distribua ses aumônes.

Marianne et moi, nous restâmes seuls, nous fîmes

quelques pas, en avant, vers un chemin creux qui allait au cimetière.

— Ainsi, disait-elle, vous ne connaissez pas la fille de l'oiseleur ? et vous ne sauriez me dire la cause de ses sanglots désespérés.

Le mensonge m'était odieux. Mais je n'avais pas le loisir nécessaire pour faire ma confession. Les yeux de Marianne étincelaient, ses lèvres pâlies annonçaient une grande souffrance intérieure.

Par une fatalité étrange, tandis que je restais ainsi sans parole, Madeline apparut au bout du chemin ; elle marchait doucement la tête baissée.

Marianne l'appela.

La jeune fille accourut, une rougeur ardente couvrit ses joues et ses regards baissés témoignèrent de sa confusion.

— Mon enfant, lui dit Marianne d'une voix douce, je t'ai entendue pleurer tantôt... Quel chagrin t'afflige ? As-tu perdu quelqu'un des tiens ? et puis-je faire quelque chose pour toi ?

Je n'essayai pas de résister à la destinée, j'étais

non pas humilié, mais profondément triste de ce
qui se passait dans le cœur de Marianne ; mais il
m'eût été impossible d'éviter la chose, autant aurait
valu essayer de faire remonter un torrent vers sa
source. D'ailleurs, j'aimais mieux qu'elle apprît la
vérité que d'être condamné à un éternel mensonge.
Dieu du ciel ! Pouvais-je me douter des suites terribles de cet entretien sous un ciel bleu et sous un
arbre en fleur !

— Ainsi, disait Mariane, tu as un gros chagrin ?
Voyons, c'est une dot qui te manque ? Je ne suis
pas riche, mais une de mes bagues serait une fortune pour toi. Tiens, prends celle-ci ?...

Et elle essaya de lui glisser un bijou dans les
mains.

— Madame, dit Madeline en relevant la tête avec
de grosses larmes dans les yeux, vous êtes bonne
et belle, et je vous remercie ; ce n'est point une dot
que je veux, mais j'ai néanmoins une grâce à obte-
nir de vous : je ne peux la dire qu'à vous seule,
ajouta-t-elle à voix basse.

— Voyons, Marianne, dis-je à mon tour : vous êtes malade et fatiguée; donnez-moi le bras et partons. Madeline vous dira son secret demain.

— Non pas, monsieur, dit Marianne, je veux l'entendre de suite.

Elles s'éloignèrent dans la direction du château de Marianne.

Quand je songe que c'est à cet instant que mes yeux la virent pour la dernière fois! quand je pense que rien ne m'a crié : prends Marianne dans tes bras, emporte-la au loin!... Non, je la laissai partir!... et je ne me jetai pas à genoux devant cette implacable créature. Je regardai d'un œil sec les longs plis de sa robe soulevés par le vent, et les rubans de sa ceinture qu'elle détachait à tout moment des ronces de la haie.

O misère de mon cœur!.. Comment l'avenir ne se dressa-t-il pas devant moi ? Quoi! pas un pressentiment dans mon âme muette!.. non, rien que l'ivresse folle de sa beauté et de son amour.

Et j'oubliai Madeline et ses secrets dans la contemplation de sa taille légère et de sa marche non-
chalante.

Mon père vint à moi et m'entraîna avec lui, me
disant que ma mère attendrait Marianne.

Et je le suivis dans ses courses, sans qu'un bat-
tement de mon cœur vînt m'avertir que Marianne
partait... qu'elle était partie !...

Vous raconterai-je quel fut mon désespoir lorsque
j'appris, en arrivant le soir chez Marianne, qu'une
heure après son retour de la messe elle avait demandé ses chevaux et s'était dirigée vers Beuzeval?..
Marguerite me remit, en détournant la tête pour me
cacher ses yeux rougis, une lettre laissée pour moi.
Complétement fou, je courus à la poursuite de Marianne ; mais mon cheval, lancé d'une main fu-
rieuse, s'abattit à la descente de la colline. On me
rapporta mourant chez ma mère. Ce fut sous mon
oreiller, trempée de mes larmes et peut-être des
siennes, que je retrouvai cette lettre terrible, dernier adieu de ma bien-aimée Marianne ! Triste sou-

venir de ma maîtresse ! page orageuse et troublée,
tu sais si je t'ai relue, ô fidèle consolatrice de mes
nuits sans sommeil !... c'est là qu'est resté ce cœur
trop fier, c'est le dernier mot de cette âme agitée...
Mais si jamais je la retrouve, ô mes amis, c'est avec
sa lettre toute flétrie par mes larmes que je m'agenouillerai devant elle. Peut-être me pardonneras-tu
alors, Marianne ! peut-être auras-tu pitié d'une aussi
grande douleur !...

LETTRE DE MARIANNE A OCTAVE

« Je pars et pour ne plus revenir. Je ne veux plus revoir vos lèvres menteuses, et je fuirai si loin que vous ne pourrez jamais m'atteindre.

» Je ne nie pas ma lutte et mon entraînement, je m'avoue vaincue et je m'en vais désespérée. Mais je combattrai contre moi-même. J'étais sans armure : tout m'avait abandonnée, jusqu'à la science du bien et du mal... je n'entendais que les battements de mon cœur qui me criait : l'amour c'est la vie, jette-toi hardiment dans l'amour et donne-toi la joie suprême d'être toute à lui.

» Me laisserez-vous périr dans ces flots enflammés, ô Dieu!... m'abandonnerez-vous dans cette solitude ardente?...

» A quoi tient la vertu? à quoi sert d'inspirer à une âme l'amour des choses honnêtes puisqu'il suffit d'un mot pour tout faire oublier?... Et, c'est tandis que la foudre était suspendue sur ma tête, c'est entre deux éclairs que j'ai prononcé des paroles impies, et c'est en face de cet amour que vous avez, vous, fait un faux serment !

» Vous le rappelez-vous ?

» Jurez, vous disais-je, jurez que vous n'avez jamais aimé que moi; que c'est pour la première fois que vous prononcez ces mêmes paroles que je viens d'entendre.

» Et vous avez juré, et mon cœur abusé a tressailli de joie !...

» Mais quel démon vous invitait donc au mensonge? dans quel but odieux veniez-vous me troubler? pourquoi ces lèvres émues, ces mains tremblantes, ces projets de fuite, ce rêve insensé de vie à deux, cet oubli de tout ce qui n'est pas moi ; pourquoi tout cela, Octave, puisque vous ne m'aimez pas ?

» Croyez-vous que j'aie pensé à Dieu en entrant dans son église ? non, j'ai profané sa maison en y apportant un cœur agité par les joies mauvaises de la terre. Je n'ai pas entendu la voix du prêtre prêchant l'Évangile : la parole de Dieu tombait sur le chemin de ma passion et la divine semence était balayée par les vents... Un sanglot m'a arraché à ma coupable rêverie ; ce que n'avait pas pu faire la voix de Dieu, une plainte humaine l'a accompli. Mon âme s'est troublée à la vue de ces larmes, et, c'est presque avec terreur que je me suis agenouillée devant cet autel divin où s'accomplissait le sacrifice.

» J'ai senti la colère de Dieu passer sur ma tête, mais mes yeux se refusaient à la lumière, et mon lâche cœur se rattachait à des débris. Je comprenais bien pourtant que tout s'écroulait en moi, que le vain échafaudage de mon bonheur, bâti

dans une nuit orageuse, venait d'être renversé...
mais je luttais encore au milieu de ces ruines où
se cachait en tremblant le spectre de l'amour.

» Mais la punition n'a pas attendu la faute : c'est au
seuil même de ce temple que Dieu m'a frappée, et
je m'en vais, ne gardant de ces temps passés que
le remords impérissable d'avoir cru un instant, une
heure, un jour à la sincérité de votre bouche trompeuse !

» Oh ! elle m'a tout dit cette fille égarée !... elle m'a
raconté l'ivresse des premiers jours, l'indifférence
et le dédain de ceux qui suivirent ; elle m'a montré
ses joues pâlies et son cœur tout meurtri par vous,
sa résignation et son repentir, mais sa faiblesse et
son amour ; elle est venue à moi, me suppliant de la
prendre en pitié et de l'envoyer loin d'un pays où
vacillent sans cesse ses nouvelles résolutions...
Alors, j'ai pris dans mes bras cette enfant malade,
et je l'emmène : vous ne verrez plus Madeline, et
Marianne est morte désormais pour vous.

» Vous ne me trouverez ni à Paris, ni près de ma

mère. Si toutefois, votre orgueil offensé vous invite
à chercher votre proie, je serai à l'abri de votre
curiosité ; toutes démarches seraient vaines à cet
égard.

» Adieu, Octave. Je pleure en m'en allant, je
pleure ma vieille maison, les arbres de mon jardin,
ces témoins de ma jeunesse; je pleure mes souvenirs, mes regrets, mes espérances mortes, mes rêves
d'une nuit, mes vains projets d'un amour coupable;
je pleure toutes ces choses passées et présentes, je
les pleure parce qu'elles sont *vous*, et que, malgré
Dieu, malgré vous, malgré moi, je vous aime encore. . »

Lorsque, après six semaines, je revins à la
vie, et que je pus relire cette folle lettre de ma
bien-aimée, je dis adieu au pays que Marianne avait
fui et je m'exilai à mon tour. Je la cherche dans tous
les coins du monde depuis trois ans que je suis à
sa poursuite. Dites, vous qui lisez ces lignes, ne
l'avez-vous pas rencontrée ? Elle est pâle, elle est

blonde, elle est belle. Si, un jour, le ciel vous mettait sur son passage, vous lui diriez que je l'aime et
que si je ne meurs pas, c'est que je suis sûr de la
retrouver. J'ai cru la voir mille fois, et dans cent
pays divers. Je sais bien qu'elle n'est pas morte,
car je la sens debout et toute vivante dans mon
cœur. Une main mystérieuse me pousse vers l'Italie, où je l'ai déjà cherchée. Sous les orangers de
Sorrente, assise sur le rivage, baignant tes pieds
nus dans les flots amers, et livrant au vent tes cheveux dénoués, un rayon dans les yeux, le pardon
sur les lèvres... est-ce ainsi, comme me le dit mon
cœur, que je vais te retrouver, ô ma chère maîtresse?...

1er avril — 13 avril.

FIN D'OCTAVE.

COMMENT

ON S'AIME

LORSQU'ON NE S'AIME PLUS

— Aimez avec simplicité.
— L'amour ne visite que les âmes
recueillies. Il ne souffre point qu'on le
violente.

MARIE DE GRANDFORT.

COMMENT ON S'AIME

LORSQU'ON NE S'AIME PLUS

A MADELEINE

Valombreux, 1er juillet.

J'avais écrit toute la nuit ; vers le matin, je congédiai mon secrétaire et, sortant furtivement, j'allai à l'écurie seller moi-même mon cheval favori. C'est un noble animal, de pure race arabe, avec une robe aussi noire que la nuit et portant sur le front une petite étoile blanche, ce qui, selon les mahométans, est un signe de bon augure.

En trois bonds, *Nasseur* fut hors de la cour ; je

lui lâchai les rênes, en le pressant de l'éperon. Il
se mit alors à galoper avec ardeur vers la forêt, hen-
nissant et secouant sa crinière au vent.

Le soleil ne se levait pas encore, mais une sorte
de lueur indécise marquait déjà la partie du ciel où
l'astre devait paraître. La nuit avait perdu son
calme ; une vague inquiétude agitait la terre, émue
comme dans l'attente d'un grand événement.

La brise s'était levée ; elle courait dans les grands
arbres et réveillait au fond des bois mille rumeurs,
faibles d'abord, mais sans cesse grandissantes.

Dans le ciel, la lumière pâlie des étoiles semblait
vaciller au souffle précurseur de l'aurore. Et moi,
me laissant entraîner où mon cheval me menait,
j'aspirais avec délices l'air frais et vivifiant du matin, et à chaque bouffée je me sentais plus fort ; mes
préoccupations, mes soucis fuyaient au loin, comme
emportés par le vent.

Après avoir suivi quelque temps un chemin si-
nueux, je me trouvai sur la lisière d'un bois, au
faîte d'une colline ; devant moi courait une verte

prairie, traversée par un large ruisseau ; les étoiles
s'étaient éteintes une à une, Vesper seul luttait
contre la lumière envahissante de l'Orient ; de longues bandes de carmin rayaient l'horizon, dont la
ligne sombre encore, et dentelée par les sommets
d'une haute chaîne de montagnes, se profilait net-
tement sur le ciel. Cependant, les masses confuses
de chênes et de grands sapins commencèrent à se
dégager des ténèbres ; leurs contours s'accusèrent
de plus en plus. Bientôt parurent quelques détails
de paysage : des hameaux disséminés çà et là sur
le flanc de la montagne ; sur le sommet des châteaux et dans la vallée, des clochers dont les flèches
se perdaient dans une épaisse brume qui s'étendait
comme un voile blanc sur toute la campagne et
semblait destiné à cacher aux regards profanes les
mystères du lever du soleil.

Et quoi de plus solennel que la venue de cet astre
qui, jour par jour, distribue au monde la lumière et
la vie ?... Qu'y a-t-il de plus important pour nous
que cette grande nouvelle : Encore un jour qui vient

de naître ! O soleil ! ton retour est plus qu'un réveil, c'est une création ! La terre tressaille de joie à ton approche ; comme une fiancée, elle se pare des gouttes brillantes de la rosée ; elle envoie vers toi le chant de ses oiseaux et le parfum de ses fleurs... Dis-moi, que deviendraient les luttes ardentes des partis et les petites préoccupations de la grande politique, si un jour, fatigué de luire, tu t'attardais en chemin ? Que diraient ces hommes qui n'ont jamais songé à toi et qui dans leur orgueilleuse confiance, ont cru sans cesse que ta lumière était due à leurs pâles œuvres ? Ah ! tout serait oublié sur la terre, l'Ambition, l'Avarice, et peut-être l'Amour. Une horreur profonde saisirait l'humanité et toutes les mains seraient tendues vers toi, et tous les yeux seraient fixés sur la place où tu avais coutume de paraître ; car la lumière, c'est la vie même, et la mort n'est qu'une nuit éternelle !...

Pendant que je laissais ainsi errer ma pensée vagabonde, la lumière faisait de nouveaux progrès. Les pics couverts de neige s'allumèrent un instant comme des phares lointains. Autour de moi s'élevèrent à la fois mille bourdonnements ; les oiseaux chantaient et sautaient de branche en branche avec la plus grande vivacité et comme pressés de vivre. Le vent de la vallée m'apportait, à temps inégaux, le beuglement prolongé des bœufs et des génisses, l'appel rauque du bouvier et le chant sonore du coq vigilant. Bientôt, à tous ces bruits, vint se mêler une voix plus grave, le son de la cloche, cette vivante prière de l'homme à Dieu.

Enfin, le soleil parut. Son grand disque sortit du brouillard et embrasa l'air de ses feux.

Ce ne fut qu'après la conclusion de ce grand spectacle que mes yeux s'arrêtèrent sur le ruisseau qui roulait en murmurant à mes pieds. Mon âme reprit alors le cours de ses premières rêveries ; en voyant ces légères vagues qui flottaient un instant devant moi et puis s'éloignaient pour toujours, je songeai à tout ce qui passe sur cette terre ; mes yeux attentifs trouvaient dans ces ondes qui se poursuivent sans s'atteindre une image des siècles qui, eux

aussi, s'écoulent éternellement dans ce sombre
abîme du passé, où tout se confond et s'efface.
Puis, le cercle de mes pensées se restreignit et je
me pris à songer à moi-même et à la fuite rapide de
mes années, et il me semblait que j'assistais de nouveau à ma vie, dont toutes les phases s'écoulaient
à flots pressés devant mes yeux.

Jours troublés et délicieux qui furent toute ma
jeunesse, hélas! me disais-je, qu'êtes-vous deve-
nus? Mon cœur, lassé de repos, se retourne vers
vous; j'étends les bras comme pour vous saisir à
travers les brumes du passé... Se peut-il que vous
ayez fui pour toujours, temps où j'ai souffert... où
j'ai lutté... où j'ai vécu?... N'y a-t-il pas quelque
lieu écarté, quelque ciel plus beau où je retrouverai
les chants, les parfums d'autrefois .. les échos de
ma jeunesse? Et à mesure que mes souvenirs pre-
naient une forme plus précise, les images à demi
effacées de quelques êtres naguère aimés commençaient à flotter devant moi. C'étaient les ombres
de mes amours passées; mais mon cœur restait

muet, il ne battait pas plus fort ; il se sentait si indifférent à la vue de ces fantômes, qu'il lui semblait que leur passage contât une autre histoire que la sienne, et ainsi elles vinrent toutes jusqu'à la dernière, qui était la plus belle et la plus aimée. Mais quand celle-là parut, il me sembla que je n'en avais jamais vu d'autre. Un voile obscurcit mes yeux, et comme j'y portais la main, j'y trouvai des larmes ; et pour conserver le plus longtemps possible cette délicieuse image, je reconstruisis lentement en moi-même toutes les circonstances de notre amour.

Je me souvins du jour où je vous avais vue, de la robe que vous portiez, des paroles banales que nous avions échangées. Je repassai doucement dans mon esprit comment ce sentiment si fort plus tard avait germé lentement et presque à mon insu ; comment mille événements contraires, au lieu de nous désunir, nous avaient attachés plus fortement l'un à l'autre. Puis, craignant de songer aux jours plus sombres qui suivirent ces moments de bonheur, je

. 8

m'attachai à ranimer chacune des scènes et jusqu'aux moindres incidents de ces jours enfouis, et je m'abîmai en quelque sorte dans cette ardente et délicieuse contemplation. Je revis votre doux visage, je foulai encore avec vous le sable fin du petit sentier qui borde le fleuve, ce petit sentier où nous égarions si souvent nos rapides caresses et nos longues espérances.

Il me semblait que la chaîne du temps, brisée depuis notre séparation, venait de se renouer et que nous retrouvions notre vie à l'endroit même où nous l'avions laissée en nous quittant. Tout cet intervalle sombre compris entre le moment présent et l'heure des adieux était effacé pour moi, ou du moins j'en écartai le souvenir.

Je sentais bien que c'était un rêve, mais je m'y acharnais et je fermais les yeux pour le retenir plus longtemps.

II

Je veux vous introduire, Madeleine, dans ce petit château, dont le plan me fut donné par vous et que nous devions habiter ensemble.

Une allée sinueuse bordée de lauriers et de magnolias débouche brusquement sur une vaste pelouse ornée çà et là de quelques touffes de grands arbres et terminée par un château de dimensions restreintes, mais bâti dans le plus pure style italien. Le corps du bâtiment contient un rez-de-chaussée assez élevé et surmonté d'un attique dont la corniche supporte une élégante galerie interrompue de distance en distance par des vases de marbre du plus beau modèle. Deux serres spacieuses forment les ailes du château : l'une sert de salle à manger, l'autre de salon. Rien n'est plus charmant, Madeleine, que l'arrangement de ces serres. Les palmiers, les cocotiers semblent y avoir retrouvé leur patrie, tant leurs pousses sont saines et vigoureuses. Les lianes exotiques jetés d'arbre en arbre se suspendent en guirlandes et forment une tente de verdure ; mille fleurs odorantes, celles que vous aimez, embaument l'air sans cesse rafraîchi par des fontaines jaillissantes.

Derrière le château se pressent de grands arbres étagés sur une colline peu élevée, qui sert de fond au tableau et encadre parfaitement les lignes régulières de l'architecture. Sur la pelouse, court un ruisseau qui se contourne capricieusement et semble faire mille façons pour s'éloigner de ce riant séjour, puis, dans le lointain, ce ruisseau s'élargit et va se perdre dans un lac dont on entrevoit les eaux bleues et tranquilles à travers les troncs d'arbres. Tout cet ensemble est simple, mais beau, rien n'y sent l'affectation ni le mauvais goût. Ce n'est pas un palais, mais c'est la retraite d'un patricien rêvée par une femme.

La porte d'entrée s'ouvre sur un vestibule stuc-
qué et orné de colonnes en marbre blanc, comme
vous le désiriez. Deux portes à droite vous intro-
duisent dans le salon. Il est simple, mais tellement
rempli de fleurs naturelles, qu'il ressemble à un
riche parterre. Au-dessus des portes, quelques
belles peintures donnent du charme à l'appartement. Le plafond composé de grands caissons aux
nervures dorées et sculptées et au fond curieusement chargés d'arabesques, rappelle par son travail les plus beaux temps de la Renaissance. Mais
ce qui attire tout d'abord les regards, c'est le tableau d'un maître inconnu qui occupe tout un
panneau. C'est une œuvre admirablement conçue
et exécutée. — Je veux Madeleine, vous en dire le
sujet.

Au milieu d'un buisson de roses, deux tourte-
relles se becquettent joyeusement sur le bord de
leur nid. Les ailes sont entr'ouvertes et comme
frémissantes d'amour. Elles sont si doucement
occupées, qu'elles ne voient pas un serpent à la

8.

gueule béante, qui dresse au-dessus d'elles sa hideuse tête, et ce n'est pas le seul danger que courent les pauvrettes, car un vautour aux ailes déployées précipite vers leur nid son vol rapide. — Mais on voit un éclair briller sur la tête du reptile, tout prêt à l'atteindre, et une flèche, lancée par une main cachée, voler à la poursuite du vautour.

Il y a tout un roman dans ce gracieux sujet. Ces colombes se caressant entre la gueule d'un serpent et les serres d'un vautour ne symbolisent-elles pas la confiante indifférence de deux cœurs vraiment épris au sein même des plus grands dangers? Cet éclair parti du ciel et cette flèche venue de terre prouvent, à mes yeux, la tendre sollicitude et la protection marquée que toute la nature accorde à l'insouciant amour.

Ce n'est pas un manque de tendresse qui me fait ainsi vous entretenir de choses indifférentes, Madeleine. — Vous avez exigé de moi le récit fidèle de mes impressions; mais je craindrais, en vous

parlant de ce que j'aurais tant à cœur de vous dire,
d'amener entre nous une explication trop prompte,
un retour trop subit vers le passé... Or c'est ce que
je veux à tout prix éviter, ou du moins retarder
jusqu'au jour où mon cœur sera assez fort pour résister à une semblable épreuve.

Il y a deux mois que nous sommes séparés, deux
mois que je suis sans nouvelles de ma chère Madeleine. Je ne vous dirai pas que je m'habitue à cette
séparation, mais il est vrai qu'elle est moins douloureuse qu'autrefois. La pensée de vous avoir perdue à jamais ne m'arrache plus de cris de douleur,
mais elle m'inspire de mélancoliques regrets; je
suis assez pareil à un homme exilé de sa patrie et
qui ne pourrait y rentrer qu'en courant à une perte
certaine, mais qui néanmoins, plus heureux que
bien d'autres, a rencontré sur le sol de l'étranger
des hôtes accueillants et des maisons amies. Il s'ef-
force d'oublier le passé, de se créer de nouvelles
relations, et de pousser, pour ainsi dire, de nouvelles racines dans cette terre hospitalière. La vie

lui est douce; il a la meilleure place au foyer; les pères apprennent à leurs petits enfants à respecter l'exilé... Lorsqu'il est rêveur, on s'inquiète, on parle bas, on conspire doucement contre sa tristesse... Et quand enfin le sourire a reparu sur son visage, toute la famille triomphante se presse autour de lui.

Son âme s'endort parfois sous le charme. Il arrive même qu'il se croit guéri de son amour insensé pour cette patrie qu'il ne doit plus revoir. Mais que faut-il pour éclairer tout à coup les profondeurs d'un cœur qu'il n'ose plus sonder?... un mot, peut-être... un air oublié depuis longtemps... une hirondelle qui vole... un nuage qui passe... alors... tout ce qu'il voit, s'efface devant lui. Il oublie ses nouveaux projets, ses modestes espérances de bonheur, l'accueil de ses hôtes, et, ingrat lui-même, il ne songe plus qu'à l'ingrate qui l'a repoussé !... C'est elle qu'il lui faut à tout prix, le reste n'est rien, et, à partir de ce jour, n'en doutez pas, l'inquiétude dévorera tous ses moments, et un soir, bravant tous les dangers, il osera franchir la frontière de sa patrie, impatient d'y vivre ou d'y mourir... et peut-être (Dieu tourne le cœur des hommes comme il lui plaît) que ce même pays qui le repoussait loin de lui, le recevra avec joie, touché de son exil et de ses malheurs... mais je crois, Madeleine, que je pousse trop loin ma comparaison. Hélas! il est des frontières que l'on ne repasse plus... et au lieu de caresser des rêves, je devrais me contenter de votre amitié, des lettres que vous m'écrivez... enfin, de tous ces bons hôtes dont je vous parlais tantôt et que vous m'avez donnés pour charmer mon exil.

GEORGE.

A GEORGE

George, j'aime vos récits, et vos lettres ont singulièrement apaisé mon âme inquiète. Ce ton sobre et
nonchalant que je ne vous connaissais point a réussi
à calmer mon esprit encore irrité, non de colère,
mais de douleur. Car, si je ne vous aime plus, j'avais encore à votre sujet une sorte de susceptibilité
nerveuse et maladive qui pouvait jeter dans ces relations tendres que nous nous sommes promis d'entretenir une défiance qui les eût entravées. Voilà
pourquoi mon cœur battait violemment en brisant

l'enveloppe de vos lettres; il battait comme au temps où nous nous aimions. Malgré moi-même, mon œil cherchait encore ces phrases tendres d'autrefois. Vous le voyez, comme vous, quelques mois de silence et de séparation m'avaient semblait tout à coup comblés par cet envoi dont j'ai reconnu immédiatement l'écriture. — C'est toujours une épreuve redoutable à faire que celle que nous avons tentée. Après les plus cruels déchirements, les mouvements les plus tumultueux du cœur, après les orages qu'entraîne toujours avec elle une passion, il est étrange de se retrouver calme et libre l'un vis-à-vis de l'autre. Nous sommes au lendemain d'une bataille, mon ami, nous avons compté nos morts, soigné nos blessés : tendons-nous une main loyale et que la paix s'asseye enfin dans nos foyers!

Vous le voyez, George, je ne conserve plus ni colère, ni amertume... Désormais, nos nouvelles relations me trouveront aussi douce, aussi paisible qu'autrefois vous m'avez vue exigeante et emportée. — Je vous ai mal aimé, je le sais. — J'ai au-

torisé souvent vos emportements et vos froideurs
soudaines par la prodigieuse et fatigante mobilité
d'un esprit que tout attire... J'ai lassé votre patience
par mes tristesses sans motif et par la complète
retenue d'un cœur qui ne sait point se confier...
Aussi avons-nous bien fait de rompre une chaîne
qui nous meurtrissait l'un et l'autre.— Il nous restera, malgré les tempêtes, un souvenir heureux de
ce court voyage dans la vie que nous avons fait
ensemble, une estime réciproque et une amitié dé-
vouée mêlée du regret de ne pas nous être mieux
compris...

Je n'aurai point à opposer à vos descriptions l'es-
quisse fidèle des lieux que j'habite. Vous la connaissez comme moi cette maison rouge, abritée par
ses grands arbres verts, écartée et silencieuse
comme une femme qui rêve loin de ses compagnes.
Vous connaissez ce pavillon d'où la vue est si belle,
et cette fraîche rivière vers laquelle nous allions le
soir voir le coucher du soleil.— Tout cela fait partie
de notre passé et me le rappelle. Le saule où vous

avez gravé mon nom se porte à merveille ; notre amour devait durer comme lui; notre amour est mort et le saule étale plus que jamais le luxe de son feuillage argenté. — Tout est périssable ici-bas, mais mille fois plus vaines que les plus périssables choses sont les sensations duc cœur de l'homme. — Nous n'avons point de sentiments, nous n'éprouvons que des impressions plus ou moins vives, selon la force ou la faiblesse de notre nature... A notre honte, George, nous pouvons cesser d'aimer pour aimer encore; nous pouvons cesser d'aimer, sans cesser d'être heureux.

C'est une amère pensée, que celle-là. Elle ne peut naître que dans un cœur longtemps éprouvé et mûri par une douloureuse expérience. A dix-huit ans, je regardais l'Amour comme un dieu aux pieds duquel il fallait vivre, pour lequel on devait mourir. Je croyais à sa puissance, à sa jeunesse, à son immortalité. Je gardais mon cœur avec une fière chasteté, voulant en faire un don éternel à celui que je devais aimer; je ne comprenais point que

cette flamme vive pût s'éteindre, encore moins
qu'elle pût se rallumer sur un autre autel. Mon âme
vigoureuse ne savait rien de l'entraînement fatal
des sens, ni des coquettes réticences de la pudeur.
Je me suis donnée d'un bloc, dans toute la splendeur de ma beauté, sans remords, sans crainte, le
front illuminé d'une joie divine, car il me semblait
que le Dieu éternel devait bénir l'union parfaite de
deux de ses créatures.

Voilà, vous le savez, George, mon point de départ dans le chemin des passions. Comment j'en suis
venue à renverser d'une main audacieuse mon autel adoré, demandez-le à la pâle expérience que j'ai
trouvée un matin assise à mon chevet... Je n'aimais
plus... mais mon âme altérée de bonheur cherchait
encore, malgré elle, une onde pour étancher sa soif.
— Vous m'avez prise alors dans vos bras comme
une enfant malade, et vous avez voulu guérir ce
cœur ulcéré d'où la sérénité s'était enfuie. Nous
nous sommes aimés, mais sans foi ardente, sans
espérances immortelles. Nous nous sommes aimés

d'un amour terrestre, tandis que moi je rêvais un amour divin. Jalousies concentrées, soupçons injurieux, retour vers le passé, paroles amères, tout ce cortége de l'amour humain a lentement étouffé, dans nos âmes troublées, le germe précieux de la divine fleur. Votre main a abandonné la mienne qui languissait. C'est en vain que nous avons cherché à rallumer nos cœurs éteints et fatigués. — Nous sommes trop vieux pour ces jeunes et belles amours que la Confiance, l'Innocence et la Paix escortent d'une marche légère.

Si, depuis, nous nous sommes fait mutuellement souffrir, si l'amertume a débordé dans nos plaintes, c'est que nous voyons s'en aller notre amour, dont nous avions fait d'avance toute notre joie et notre avenir.

George, il est bien vrai que nous avons été de mauvais amants.— Serons-nous de meilleurs amis? Nous avons semé nos champs dans ces quelques mois qui viennent de s'écouler. Récolterons-nous le froment ou l'ivraie?

A MADELEINE

Luchon, ce... juillet.

Madeleine, Madeleine ! terrible enfant ! pourquoi jouez-vous ainsi avec la douleur ?... Pourquoi fouillez-vous dans le passé pour en retirer le mal seul et en déduire de funestes conséquences pour l'avenir ?... Pourquoi laissez-vous méchamment dans l'oubli ces beaux jours, ces belles heures où Madeleine, insouciante, courait dans la vie sans regarder derrière elle et sans interroger le lendemain, — ces moments où cette âme inquiète et farouche s'oubliait elle-même et se livrait à l'amour avec l'abandon heureux d'une maîtresse sûre de sa puissance?... quel était donc, dites-le-moi maintenant, le sujet de ces brusques alternatives? Pourquoi ressembliez-vous si peu le lendemain à la femme de la veille? D'où vous venaient ces défiances jalouses et ces subites sérénités? Qui pourra lire dans ce cœur profond et secret?... Qui sondera cette âme frémissante?

Je ne répondrai pas autrement à ces lignes tourmentées que je viens de recevoir... Vous êtes dangereuse, Madeleine, et je ne pourrai rester longtemps sur le terrain brûlant où vous nous avez déjà mis... car moi aussi, je souffre, et je tiens fortement mon cœur afin qu'aucune plainte ne s'en échappe, afin qu'aucun cri n'aille vers vous et vous demande un compte sévère de ce bonheur que vous avez détruit. . . . .

. . . .

Je vous ai longuement décrit, trop longuement sans doute, ce château que nous devions habiter

ensemble, Madeleine. — En ce qui me regarde, ces
détails ont eu le tort de me faire revoir un à un
tous ces rêves que nous faisions autrefois... et lorsqu'ils se sont de nouveau enfuis, je me suis senti
non plus seul, mais isolé, et j'ai cherché par un
changement de lieux à me distraire de leur souvenir.
Le soir même du jour où je vous envoyais ma première lettre, je partis pour Luchon.

Le temps est magnifique et seconde admirablement les longues excursions que je fais chaque jour.
Dès le matin, au lever du soleil, je pars avec mes
guides, je passe ma journée dans la montagne, et le
soir je rentre dans la petite ville si coquettement
assise au milieu d'une plaine, si unie qu'elle semble
un lac de verdure.

Il y a quelques jours, je résolus de faire l'ascension du pic Nethou, qui est le point culminant du
massif de la Maladetta, la région la plus élevée du
système pyrénéen. Je ne vous parlerai pas de l'é-
motion soudaine qui saisit l'âme sur ces sombres
hauteurs ; je ne vous dirai pas non plus quelle se-

crète et égoïste consolation ressent l'homme qui souffre en voyant que la nature aussi a ses tristesses et ses ruines.

Mais je veux vous conter un petit épisode qui vous intéressera, vous si curieuse des drames intimes, peut-être davantage que la description de la vallée du Lys ou celle de Bossos.

Je venais de traverser le col élevé qui sépare la France de l'Espagne, et que les habitants du pays connaissent sous le nom de port de Vénasque, lorsque je rencontrai une petite cavalcade composée de deux guides et de trois personnes appartenant évidemment à la plus haute classe. Ils venaient aussi braver les fatigues d'une ascension plus longue, il est vrai, que périlleuse. Nous voyageâmes ensemble, et au retour nous étions assez liés pour que j'acceptasse l'hospitalité d'une nuit dans le cottage qu'ils possèdent près de Vénasque.

C'est une jolie habitation que la leur ; on y trouve tout ce que l'on recherche à la campagne ; des prairies d'un vert tendre admirable, de grands arbres

de toutes les essences, des eaux vives et une magnifique vue. La maison, à demi cachée par des ar-
bustes chargés de fleurs, semble inviter au repos le
voyageur fatigué du désordre grandiose qu'il vient
de quitter.

La fenêtre de ma chambre est tournée à l'est, et
dès le matin elle est envahie par la lumière du soleil levant. J'ai alors devant mes yeux un spectacle
sublime, et je ne puis me lasser d'admirer avec quel
art la nature sait tirer d'une même cause mille effets
variés et nouveaux.

Enfin, tant à cause de la situation pittoresque du
cottage que de la cordiale hospitalité que j'y ai re-
çue, je me suis décidé, sur leurs vives instances, à
y passer quelques jours.

Mes hôtes sont Italiens, et, bien que leur histoire
soit simple, elle peut passer pour romantique.

Il y a bientôt six ans que la comtesse Beppa vint·
dans les Pyrénées. Elle était veuve depuis quelques
années et n'avait qu'une fille âgée de dix ans. Un
jour, dans une de ces excursions aventureuses

qu'elle semble encore aimer, elle fut surprise par une bourrasque de neige où, malgré les efforts de son guide, elle eût infailliblement péri sans l'arrivée providentielle du jeune comte Mario, son cousin, qui la sauva, avec un courage animé par l'amour, d'une mort certaine. Son dévouement faillit lui coûte cher. Accablé de fatigue, il ne put regagner Luchon; on dut le porter à Vénasque, où Beppa le soigna avec une tendre reconnaissance. Lorsque Mario fut guéri de ses blessures et de ses fatigues, la belle comtesse revint avec lui en Italie, où ils se marièrent; mais bientôt le souvenir des lieux où, pour la première fois leurs cœurs s'étaient entendus, revint à leur mémoire. Ils firent bâtir alors le cottage d'où je vous écris, et passent là toute leur saison d'été. La comtesse Beppa Morio est très-jolie malgré sa peau brune et la petitesse singulière de sa taille. Son mari rappelle le plus beau type romain. Ils s'aiment comme au premier jour et avec la simplicité de deux cœurs que nulle passion désordonnée n'a troublée.

9.

Quant à la fille de la comtesse, je ne saurais vous
en rien dire. Je crois que c'est une grande fillette
avec une forêt de cheveux blonds qui lui retom-
bent sur le visage, et dont la vie se passe à courir
les montagnes, à gravir les rochers, à franchir les
torrents. On l'adore chez elle, c'est la seule re-
marque que j'ai su faire, n'ayant jamais éprouvé
le moindre attrait à examiner les jeunes filles, pas
plus, en vérité, qu'à feuilleter les pages blanches
d'un album. Leurs jeux me fatiguent, leurs causeries
me sont désagréables, et j'ai toujours considéré
avec beaucoup d'étonnement la façon admirable
dont un de mes amis savait les entretenir. Il faut
sans doute une grande délicatesse d'esprit et de
cœur pour leur parler le langage qui leur convient.
Leur pureté m'effraye; avant de dire une phrase je
la retourne cent fois dans ma pensée pour savoir si
elle est parfaitement convenable sous tous les rap-
ports ; et, après un mûr examen, je ne la hasarde
quelquefois qu'en rougissant.

J'ai quitté hier ces amants de la solitude après

leur avoir promis d'y revenir lundi passer avec eux la semaine. Le spectacle de leurs tranquilles amours me délasse et m'est salutaire.

En rentrant hier soir à Luchon, je trouvai, dans mon logis, un mot de Mme Marie d'Hauterive, votre légère et folle amie, qui m'invitait à me rendre chez elle. Je devinai qu'il devait être question de vous et j'y courus subitement. Jugez de mon désappointement lorsque je vis son salon envahi par un foule de petits jeunes gens qui me regardaient de mauvais œil et qui, pour rien dans le monde, ne m'eussent cédé la place. Mme Marie s'est aperçue de mon déplaisir et m'a invité à faire partie d'une cavalcade pour le lac d'Oo. J'ai accepté, et ce matin j'ai enfin appris que vous alliez bien, qu'on ne vous voyait point, que, fidèle à vos sauvages habitudes, vous ne sortiez guère et ne receviez jamais ; qu'on vous avait seulement embrassée le second dimanche de de mai au sortir de la messe, que vous étiez bien pâle, mais toujours bien belle ; enfin, mille détails ravissants qui me remplirent de joie.

Malgré son esprit frivole, Marie vous aime sincèrement; certes, ce n'est point là pourtant l'amie que doit avoir Madeleine, et vous avez bien fait de vous éloigner d'elle; elle est tellement vivace qu'elle apporte partout avec elle le tapage et le bruit sans lequel elle ne saurait vivre. Les âmes légères sont toutes ainsi; le calme les ennuie et la solitude les effraye.

Vous êtes trop admirablement douée, vous, pour livrer votre beauté divine et votre âme profonde à la foule qui n'encense que les beautés factices, les esprits d'emprunt et les cœurs d'occasion.

Madeleine, pourquoi toutes les femmes sont-elles si loin de vous?... Pourquoi, lorsqu'on a contemplé ce beau visage si fier et si doux, détourne-t-on les yeux de toute autre image? Ah! sirène, fatale enchanteresse! vous condamnez à l'isolement celui qui vous a aimée!...

Écrivez-moi beaucoup, Madeleine, vos lettres sont mes seuls bonheurs.

A GEORGE

Il est bien vrai que je vous ai écrit tout ce que
je m'étais promis de vous taire. J'ai été emportée
malgré moi dans la région des orages que nous
avons si souvent parcourue. Mais comme le ciel,
si l'âme a ses tristesses soudaines, elle a aussi ses
rayons inattendus. Aujourd'hui le soleil brille et la
vie me semble aussi belle qu'hier elle me parais-
sait désolée.

D'où viennent ces brusques changements que

rien n'autorise ? La cause en est quelquefois si futile qu'on aurait peine à la retrouver.

Ce matin, en me levant, je suis descendue au jardin. Le soleil, déjà haut dans le ciel, colorait doucement la terre d'où s'échappaient ces légères vapeurs qui semblent être le soupir de son sein en travail. Nos vignes épanchent sur le flanc des coteaux leurs grappes déjà vermeilles ; les champs jaunis s'ouvrent sous la charrue laborieuse qui prépare la culture nouvelle ; les prairies, à demi séchées, offrent aux animaux une pâture odorante. Nos bois, dont le vent froid du nord n'a pas dépouillé le front chevelu, montent de la vallée à la colline et servent de ceinture à ce petit château qui regarde le soleil levant. Tout respire le calme et la paix dans ma douce demeure, et rien ne trouble le silence majestueux de la campagne, si ce n'est de temps à autre le beuglement de la vache ou le cri aigu de la ménagère appelant les travailleurs au repas du matin.

Le mois de septembre est, dans notre cher pays, la meilleure époque de l'année. Le soleil n'a plus

ces rayons vifs qui brûlent et excitent le sang alors
que l'aubépine fleurit le long des haies et que
mai revêt en souriant sa folle robe de fleurs...
L'automne, plus calme, les bras chargés de trésors, la tête couverte de pampres jaunis, n'inspire
que de graves pensées au rêveur qui voit l'hiver
venir.

En face de cette splendide nature, je me suis
comme éveillée d'un mauvais rêve... J'ai détiré
mes bras, passé mes mains sur mon front, secoué
mes cheveux, et, vive comme l'alouette, je suis
partie pour aller visiter mes voisins. On s'est recrié
à ma vue comme à une résurrection. « Est-ce bien
vous ? Est-ce bien vous ? me disait-on, vous que
nous avons crue perdue, vous, plus belle et plus
souriante que jamais? » Ces témoignages d'affection m'ont touchée, et j'ai cédé à leurs instances en
leur rouvrant ma maison que j'ai tenue si longtemps
fermée.

J'ai envoyé un domestique à cheval porter des
invitations dans le voisinage et j'ai fait parer ma

retraite comme pour une fête. — Quand j'ai vu ces fleurs, ces lustres, ces apprêts, mon courage a failli m'abandonner. J'ai été sur le point de partir pour n'importe quel coin de terre ignoré, mais j'ai vu tant de bonheur répandu autour de moi que je me suis laissée aller à la satisfaction générale et que j'ai envoyé chercher pour demain les musiciens de la ville voisine.

Votre lettre, datée de Luchon, que je reçois à l'instant, m'apprend le retour de mon amie d'enfance, Marie d'Hauterive. Je vais lui écrire de venir demain. Quel sera son étonnement en voyant la pâle Madeleine ouvrir ses salons et donner des fê-tes !.. Pourquoi n'en serait-il pas ainsi ? Vous allez bien chez des comtesses italiennes, vous !... Et avec ce charmant égoïsme qui vous est particulier, c'est en revenant d'une partie de plaisir que vous me re-commandez la solitude.

J'irai, oui, j'irai cet hiver à Paris où malgré *ma beauté réelle* et mon *esprit à moi*, je serai très-en-tourée et très-fêtée !... J'ai trop longtemps vécu

dans l'ombre; place, maintenant, je veux du soleil!...

II

J'étais dans le salon quand on est venu m'annoncer mes hôtes; j'avais l'âme émue, et cependant je
ne sais pourquoi leurs costumes me sont restés gra-
vés dans la mémoire. Il arrive ainsi quelquefois, par
un phénomène singulier, que plus notre esprit est
préoccupé, plus il examine curieusement les objets
indifférents qui l'entourent.

Le baron Anselme a d'abord paru. Il portait une
grande redingote verte qui lui allait jusqu'aux ta-
lons, et un immense faux-col qui montait jusqu'aux
oreilles. Dans ce col s'emmanchait une tête qui ne
semblait que la première ébauche d'une face humaine. Cependant, deux petits yeux gris d'éléphant
imprimaient un certain air de finesse rustique. Il

est, vous le savez, puissamment riche. Il sait à point nommé quel jour il convient de semer l'orge et le froment, quel jour il faut les récolter, mais il n'a pas su apparemment à quelle heure il convient de marier les filles, car la sienne s'est enfuie dernièrement avec son maître de musique.

Il était suivi par mon nouveau voisin, un jeune gentilhomme campagnard, qui parle sans cesse de ses chasses et des prouesses de feu son père, chevalier de Saint-Louis et premier veneur du roi. Il se donne de petits airs régence qui m'ont fort amusée. A l'entendre, nulle femme ne lui a jamais résisté ; je ne sais s'il en a jamais attaqué aucune. Il parle avec complaisance des brigandages de ses aïeux, qui mettaient à rançon les châteaux et les chaumières; il s'étend sur les magnifiques toilettes de son aïeule à la cour de Louis XV. Or son grand-père était braconnier, et son aïeule couturière. Mais il a, pour se faire pardonner ses ridicules, une sœur si douce et si belle qu'on le reçoit avec plaisir. Votre admirateur, le diplomate, donnait le bras à la

charmante enfant fort confuse d'un tel honneur.
Puis, est arrivé un certain M. Alcide bien connu
dans le pays pour son amour du paradoxe et des
mauvaises causes. On devine à sa tournure athlé-
tique la nature de sa robuste éloquence. Il prend
souvent la tribune pour une arène, et ses adver-
saires redoutent ses poumons infatigables. Il traî-
nait à son bras une sorte d'automate qui lui sert
de femme. En la voyant on pense instinctivement
à l'Olympia d'Hoffmann, car elle est régulièrement
belle, mais son aspect est si nul et ses mouvements
si roides et si peu en rapport avec ses paroles, que
tout cet ensemble hétérogène semble mû par des
ressorts et non par une volonté intelligente.

Marie est arrivée la dernière. Son entrée a fait,
sensation. Je l'ai embrassée avec tendresse, elle
m'apportait comme quelque chose de vous.

A mon grand étonnement, elle m'a présenté le
jeune duc Octave de B... qui vient d'acheter
un château dans le voisinage, et je l'ai retenu à
dîner,

Je ne puis comprendre pourquoi, moi, qu'une nouvelle figure éloigne plutôt qu'elle n'attire, je me suis surprise à contempler ce visage sur lequel la jeunesse, la volonté, l'intelligence sont écrites. Certes, ce n'est point là un homme ordinaire. Ses yeux lancent d'ardentes, mais pures flammes. Sa bouche, fièrement dessinée, a un sourire tendre ; sa voix est douce, elle n'est pas grave comme la vôtre, mais elle est émue et va à l'âme. Sa naissance illustre est écrite sur son front. Il reçoit avec dignité les hommages qui lui sont dus, mais n'en commande pas l'expression. C'est, en un mot, un bel enfant dont sa mère doit être fière.

Il m'offrit son bras quand on vint annoncer le dîner, et me remercia tout bas, avec un mélange charmant de grâce et de naïveté, de l'avoir engagé à rester : « Il avait depuis longtemps, dit-il, un immense désir de m'être présenté; il avait si souvent parlé de moi ! »

Je lui fis part de mon étonnement.

— Le comte George de R... est un cousin de ma

mère, me répondit-il, et, il y a quelque jours, je suis allé le voir à Valombreux. Il m'a dit avoir eu l'honneur de vous rencontrer à Rome, il y a deux ans, et me parla de façon à me faire faire des extravagances pour seulement vous apercevoir. Je l'ai encore revu dans les Pyrénées.

Il me dit encore que vous étiez triste, et qu'il vous croyait le cœur occupé d'une grande passion.

Je crois que j'ai rougi, car il a aussitôt repris :

— Savez-vous quelque chose sur ce sentiment mystérieux qui semble avoir bouleversé la vie de George ?

— La femme qu'il a aimée est morte, ai-je dit après un instant d'hésitation.

— Y a-t-il longtemps ? a-t-il demandé avec un air de profond intérêt.

— Un an.

— Pauvre femme ! pauvre George ! Je comprends maintenant sa tristesse et son éloignement pour le monde.

— Pourquoi les plaignez-vous? ai-je répondu
brusquement, ils se sont séparés dans toute la plénitude de leur beauté et de leur amour. Ils se sont
quittés le cœur plein de regrets. George se conso-
lera sûrement, mais l'image de cette belle morte
qu'il a aimée restera éternellement vivante dans
son âme, telle qu'elle était au temps de leur bonheur; leur amour n'aura point de rides, ni de cheveux blancs. Pourquoi les plaignez-vous? ils étaient
à la veille de se haïr.

Le jeune duc me regardait avec un étonnement
mêlé de tristresse.

— Comment savez-vous tout cela? me dit-il, et
surtout comment pouvez-vous supposer qu'après
s'être si longtemps et si ardemment aimés ils
pourraient un jour renier leur passé pour d'autres
espérances?

— Ne voyez-vous point ce qui se passe autour de
nous? répondis-je avec un léger embarras.

— Appelez-vous passion et amour ces caprices
vulgaires nés dans des âmes plus vulgaires encore?

dit-il. Ces fils bâtards, d'une imagination exaltée et d'un cœur corrompu, peuvent-ils vous servir de type? N'y a-t-il point des amours plus nobles ? Pour moi, cela me semble un si beau sentiment que je n'hésiterais point à lui consacrer ma vie entière. Comme l'aigle, je n'aurai qu'une compagne et qu'un amour : s'il se brise, seul aussi, comme le roi de la montagne, j'attendrai mon dernier jour où je remettrai à Dieu un cœur créé pour d'impérissables attachements.

Il m'est impossible de vous redire avec quelle fierté d'accent ces quelques paroles furent prononcées. — Je me sentis humiliée. — Je me hâtai de détourner la conversation et la rendis générale pour être fidèle à mes devoirs de maîtresse de maison. Notre entretien à voix basse avait d'ailleurs attiré l'attention de mes invités, et la belle Marie avait suivi d'un œil jaloux chacune des émotions du duc de***. Le diplomate assis à son côté s'exerçait à découvrir quelles pouvaient être ses relations avec le noble étranger. — Ses yeux gris regardaient par-dessus ses lunettes et les fixaient alternativement, tandis que son nez, plongé dans son assiette, semblait témoigner d'une complète indifférence pour ce qui se passait au dehors.

Le cultivateur avait entamé avec son voisin une discussion sur la maladie de la vigne, et le gentilhomme campagnard, placé à côté de la femme de l'avocat, l'assassinait d'œillades auxquelles elle répondait de son mieux.

Quant à l'avocat, il promenait de temps à autre des regards satisfaits autour de lui, et s'applaudissait de ce que le sort eût ainsi livré un auditoire choisi aux redoutables coups de son éloquence.

Pour ranimer la conversation languissante, je lui donnai une tournure politique. Je parlai des élections qui allaient avoir lieu.

Cette question brûlante fit le tour de la table. Les têtes s'échauffaient. L'avocat se préparait à quelque magnifique improvisation quand tout à coup un orchestre, que j'avais fait placer dans la serre, fit entendre les premières mesures de l'ouverture de *la*

Dame Blanche. Les conversations cessèrent aussitôt et tout le monde se mit à écouter, sauf cependant
le campagnard dont les gestes annonçaient l'émotion
la plus vive, et qui se démenait sur une chaise
comme un possédé. Je finis par deviner que la musique avait réveillé en lui le souvenir de la fuite de
sa fille.

Lorsque l'orchestre eut achevé son premier mor-
ceau, M. Anselme se pencha vers son voisin :

— Moi, monsieur, lui dit-il, je ne .puis comprendre que l'on aime la musique. Passe encore
pour les cuivres et les grosses caisses, ce sont là
les instruments honnêtes ; mais les violons ! monsieur, mais les petites flûtes ! c'est une des plaies
de la société ! C'est à l'aide de ces machines-là
qu'on s'introduit dans les familles, qu'on endort la
vigilance des pères, qu'on séduit les filles... monsieur !... Tous les musiciens sont des socialistes !...

— Hélas ! soupira le gentilhomme, qui fit sem-
blant de songer à ses nobles aïeux.

— L'anarchie, s'empressa de dire l'avocat, ne

10

trône pas seulement dans les États, elle a envahi
les familles. — Il y règne une étrange confusion de
toutes choses. Où est-elle, cette ancienne austérité
des mœurs ? Aujourd'hui, au lieu de sévir contre
l'inconduite, de la traquer, de la chasser loin de
soi, ou la regarde sans colère, on l'accueille... La
tolérance, voilà la faute, j'allais dire le crime de la
société.

Dans tous les cas, ce n'est pas votre défaut, ri-
posta brutalement M. Anselme, qui se sentait blessé
dans le souvenir de sa fille.

Je ne connais pas, comme vous, les secrets de la
politique, dit Octave en s'adressant à l'avocat, et je
suis malhabile, je l'avoue, à mêler la conduite des
nations avec une question de morale intime, dont le
juge est dans notre cœur et dont le code n'est pas
sur la terre. C'est vous dire que, comme chrétien, je
ne saurais être de votre avis. — La religion penche
aussi du côté où s'inclinent nos cœurs : inflexible
sur les principes, elle est tolérante avec les personnes. Elle hait la faute, elle plaint le coupable.

— Mais, objecta l'avocat en feignant une ver-
tueuse surprise, la religion chrétienne est la religion de la vertu, de l'innocence.

— C'est surtout celle du repentir, reprit Octave ;
trois femmes coupables pleurèrent aux genoux du
Christ, toutes les trois furent accueillies et conso-
lées. N'est-il pas vrai, continua-t-il en se tournant
vers notre bon vieux curé, qui l'écoutait avec une
attention soutenue, n'est-il pas vrai, monsieur l'ab-
bé, que la loi du Christ est la loi du pardon? Que
signifierait, sans cela, ce touchant symbole dont
nos églises sont pleines, cette image du Sauveur
expirant, dont la tête se penche douloureusement
vers la terre, dont les bras s'ouvrent et s'étendent
patiemment sur la croix, comme pour appeler sans
cesse le monde entier à un immense repentir. Seriez-
vous plus sévère que le Christ? Votre main res-
terait-elle fermée sans retour à l'enfant prodigue?

Les traits du pauvre Anselme s'étaient transfigu-
rés pendant ces quelques paroles d'Octave. C'était
sans doute la première fois qu'un rayon de sen-

sibilité avait réussi à pénétrer cette grossière enveloppe.

C'était un plaidoyer en faveur de sa fille. Ses yeux,
pleins de larmes, rayonnaient de reconnaissance,
et sa bouche, à moitié ouverte, semblait prête à pro-
férer des remercîments que son âme émue ne savait
ni exprimer, ni contenir.

Pour moi, je contemplai Octave avec admiration...
A cette voix harmonieuse, à ce bien-dire qui donne
quelque chose d'achevé à ses moindres paroles,
tous mes souvenirs douloureux s'étaient enfuis
comme un léger brouillard devant le soleil... Ces
vers que vous avez écrits sur mon album me revinrent en mémoire, et je dis tout bas à Octave :

> Seigneur, la robe d'innocence
> Qu'un souffle suffit à ternir
> Paraît moins blanche, aux yeux de ta Clémence,
> Que la robe du repentir !

— Oui, me dit le jeune duc, honte aux âmes dé-
gradées, mais pitié pour celles que la fatalité jette
hors de leur route !

— L'amour les y ramène parfois par un douloureux chemin, répliquai-je aussitôt.

Octave m'a regardée avec une pénétrante attention... et nous nous sommes levés de table pour passer au jardin.

Après le dîner, j'ai laissé mes hôtes sur la grande pelouse, et j'ai attiré Marie sous la charmille du labyrinthe. J'avais hâte d'avoir de vos nouvelles, et je ne sais pourquoi j'avais presque peur à l'idée de ce qu'elle pourrait m'apprendre.

Elle me raconta que vous aviez été ensemble au lac d'Oo... Les magnifiques vers que cela vous avait inspirés me furent redits avec enthousiasme.— Jamais, a ajouté Marie, il ne m'a paru si beau et si grand ; les autres hommes, même les plus spirituels, me semblent ridicules auprès de lui ; et lorsqu'il entrait chez moi au milieu des conversations oiseuses de nos jeunes élégants, j'avais envie de m'écrier : « Taisez-vous, voici votre maître !

— George t'a-t-il beaucoup parlé de moi ?

— Peu ; il a semblé craindre de me laisser lire au

10.

fond de son âme. — Il y a un secret entre vous, Madeleine. — On dit que vous vous êtes beaucoup aimés, mais le monde ignore pour quelle cause mystérieuse vous vous êtes soudainement séparés. Il a fallu néanmoins qu'elle fût bien puissante, car l'amour ne doit pas naître et mourir vulgairement dans vos cœurs.

— Eh, mon Dieu! me suis-je écriée, ne sais-tu donc pas que les hommes même les plus hautement doués sont orgueilleux et mauvais, et que leur amour n'est qu'une tyrannie? Crois-tu qu'ils savent mieux aimer, ces élus de la foule que le monde acclame, que les femmes accueillent, qu'un cœur humble dont vous êtes seule la puissance et la joie? — Tu ne les connais pas, ces âmes altérées qui ne vous attirent à elles que pour vous absorber tout entière, et qui, jalouse de leur puissance, considèrent comme un droit de l'exercer despotiquement. C'est alors une lutte perpétuelle entre ces deux cœurs faits pour s'entendre. L'irritation envenime les moindres blessures, et bientôt, à la place de deux êtres souriants et heureux, vous n'avez plus que deux ennemis dont chaque regard est une provocation et chaque parole un défi.

— La femme doit être soumise, a murmuré tout bas Marie.

— Oui, car moins intelligente que l'homme, elle doit le regarder non comme son maître, mais comme son guide. — On baise la main qui vous aide, on mord celle qui vous commande.

— Pour moi, j'ai toujours rêvé de trouver dans l'homme que je devais aimer un maître et un dominateur. J'aimerais la peur que m'inspirerait sa colère...

— Le jour où ton amant te défendra le bal, la valse, les robes à effet et les courses à cheval, il ne sera plus ton maître, mais bien ton bourreau, ai-je répondu en haussant les épaules.

Elle s'est mise à rire.

— Je n'ai encore obéi qu'à un tyran, a-t-elle dit : c'est la mode, dont les caprices, sans cesse renaissants, m'ont toujours trouvée fidèle.

Et là-dessus elle a fait bouffer sa robe et a renversé son chapeau sur ses épaules.

J'ai souri en regardant la folle toilette de la jeune femme, puis je me suis levée pour aller rejoindre mes invités.

— Puisque te voilà de nouveau des nôtres, a-t-elle repris, viens chez moi passer quelques jours ; nous aurons de belles chasses, beaucoup de monde et des distractions. J'ai invité George de B.... Mais il a, je crois, l'intention de faire un long voyage.— C'est du moins le prétexte qu'il a pris pour refuser mon invitation.

— Moi, je l'accepte ; je partirai demain avec toi. Ma sérieuse folie a besoin de ta joyeuse sagesse.

— N'oublie pas les robes de bal, me cria Marie, qui se dirigea du côté des rosiers blancs où Octave était assis, tandis que moi, voyant chacun occupé à son gré, je montai dans ma chambre pour vous écrire ce long bavardage.

A MADELEINE

Quoi, vous sortez! quoi, vous allez dans le monde!... Vous avez donc rouvert à la foule banale et
curieuse ce cher sanctuaire où je vous voyais toujours, comme vous étiez autrefois, gardant vis-à-
vis de tous une hautaine attitude! — Ils l'ont profanée, cette demeure. Ils me les ont gâtés, mes fi-
dèles souvenirs... Ah! c'est vraiment maintenant
que Madeleine est morte!... Une femme nouvelle
est venue s'emparer de sa beauté, son enveloppe
est plus brillante, mais moins belle que l'était celle
de ma chère maîtresse...

Qu'avez-vous fait, imprudente?... qu'avez-vous besoin de ces stupides hommages et de ces plates ovations qui entourent les femmes à la mode? — Votre fierté dédaignait autrefois ces triomphes faciles; — vous aviez une plus haute idée de vous-même, quand vous auriez voulu mettre un masque sur votre visage pour le dérober aux regards curieux des passants. — Cela vous semblait une profanation, pis que cela, un vol fait à celui que vous aimiez. Et voilà maintenant que vous attirez chez vous ceux que vous méprisiez autrefois! Vous avez sans doute quitté ces nobles vêtements, ces coiffures que votre amant aimait tant à vous voir porter; vous les avez remplacés par ces chiffons odieux que la mode proclame. — Non, non, vous n'êtes plus ma Madeleine; celle que j'aime est bien morte en me donnant toute sa jeunesse et toute sa beauté; je l'ai ensevelie dans le coin le plus mystérieux de mon cœur. Je ne veux plus aimer qu'elle, et je ne vous reverrai jamais, vous qui pourriez m'abuser par une fatale ressemblance!

A GEORGE

Grand Dieu! dois-je donc m'ensevelir dans un
cloitre ! Suis-je faite pour lui, que vous me grondez
d'une si maussade façon ? Faut-il donc que je renonce à tout ? A défaut de l'amour dont j'avais fait
le bonheur de ma vie, ne dois-je pas me créer
d'autres plaisirs, éphémères sans doute, mais qui
me sortiront de cette languissante paresse dans laquelle je suis si longtemps restée ensevelie ? — Ce
matin je me suis approchée d'une glace, et j'ai eu

un moment d'orgueil en me voyant encore si jeune.
J'ai souffert longtemps, longtemps je me suis obs-
tinée à chercher le but que nous poursuivons tous
et que nous n'atteignons jamais, à travers les sen-
tiers ardus de la passion, et ce n'est que quand je
suis retombée sans force sur mes genoux, que je l'ai
abandonné, non sans regrets, car l'Espérance, au
détour du chemin, me souriait timidement; mais
ce sourire était un mirage. La trompeuse qu'elle est
ne m'abusera plus par ses enivrants mensonges et
ses coquettes promesses.

Je ne sais si je n'ai pas l'âme créée pour l'amour.
Peut-être l'ai-je mal compris ou lui en ai-je demandé plus qu'il ne pouvait donner. Je rêvais une
union si parfaite, une entente si douce, un dévouement si absolu, et je n'ai trouvé que transports jaloux
et amoureux égoïsme. O George! lorsque je con-
sidère mon passé, il me prend des envies soudaines
de me laisser mourir, mais l'avenir m'effraye encore davantage. — Je me sens l'âme dévorée d'a-
mour pour l'amour; j'ai pour lui les rages de l'im-

puissance. — Pleurez sur moi, vous que j'ai appelé mon bien-aimé : — je n'ai jamais aimé, je n'aimerai pas!...

C'est en vain que je sonde mon cœur, que je l'interroge. J'évoque les types les plus parfaits, et je sens que, même au sein de leur possession, mon âme tomberait en défaillance, et que les passions mauvaises envahiraient soudainement mon pauvre amour. Je voudrais trouver une main qui n'eût jamais serré que la mienne, des yeux qui n'eussent regardé que moi. Je voudrais une si entière, une si complète virginité d'âme et de corps, qu'un ange même ne pourrait me satisfaire.

Mais quand même ce rêve impossible se trouverait réalisé, je le sens avec effroi, le spectre du passé se lèverait alors dans mon âme, et ma force s'évanouirait, et je m'enfuirais loin de ce radieux amour que j'aurais invoqué.

Oui, George, votre Madeleine est morte. Pleurez-la, puisque vous l'avez aimée... Mais une nouvelle Madeleine est née dans cette année d'angoisse, et,

plus désolée mille fois que votre inquiète maîtresse,
elle vient à vous en vous tendant les mains... Pourquoi la repoussez-vous ?... Ne pouvez-vous l'aider
d'une fraternelle tendresse? A ce cœur avide, un
mot suffit... Laissez, laissez-la courir le monde et
les fêtes, laissez-la convier la foule au festin de sa
beauté ; plus de voile sur son front!... Que les vêtements flottants des nymphes remplacent la chaste
tunique des Muses!... Viens, Amour païen, fils
de Vénus, dieu que l'on fit avec des ailes. J'ai renversé l'autel de ce dieu inconnu qui me troublait
sans me satisfaire !...viens, je t'invoque et je veux
te servir !...

George, j'ai l'âme déchirée, ne me consolerez-
vous point?... Enseignez-moi le bonheur, dites-
moi où il est, ce rêve de ma vie?... J'ai là, en face
de moi, une robe de bal que je vais mettre, car on
danse ce soir. Je me suis jetée tout à l'heure sur ces
dentelles, et j'ai caché ma tête en feu dans cette
parure de fête... Je donnerais ce bal, ces diamants,
pour un seul mot d'amour vrai, pour une seule

larme sincère... O ma confiance, qu'êtes-vous devenue !

Marie vient d'entrer dans ma chambre et de
m'interrompre. Elle m'a semblé être inquiète et
nerveuse ; elle a voulu savoir ce que j'écrivais et
pourquoi j'avais l'air triste. Je vous ai nommé. La
sérénité a reparu sur sa jolie figure, et elle a fait
de vous des éloges enthousiastes. Puis, tout à coup,
elle s'est écriée :

— Mais pourquoi donc ne l'aimes-tu pas !

— Le comte George est mon meilleur ami, ai-je
dit, légèrement choquée de cette brusque interpel-
lation.

— Tu es une coquette, m'a-t-elle répondu, et de
la pire espèce... Tu veux être adorée et n'aimer
personne à ton tour.

— Oui, je suis une sorte de bourreau des cœurs,
ai-je répliqué en riant.

— Tu te fais tellement dédaigneuse et fière, que
tous les hommes ambitionnent la possession de
cette âme altière. Ils négligent, pour cette difficile

conquête, celles qui, plus tendres, laissent deviner
leur désir d'être aimées.... Tu as finement compris
le monde, ma chère ; tu t'es adressée à l'amour-
propre, à la vanité, à l'orgueil. Ces puissants
auxilaires aideront bien ta beauté, et tu seras
reine !...

— Mais tu es folle ! ai-je repris presque en
colère, je n'ai point fait ces calculs que tu me
prêtes ; et [si mon cœur est réellement trop fier
pour se laisser deviner ; si je le fais impénétrable,
ce n'est point avec le vulgaire désir de servir de
but à un steeple-chase que je trouve ridicule et
humiliant pour la dignité de la femme. Si je croyais
qu'une semblable pensée pût entrer dans une autre
tête que la tienne, je m'enfuirais de nouveau dans
ma solitude, avec le regret profond d'en être jamais
sortie ?

Marie s'est jetée à mon cou.

— Pardonne-moi, m'a-t-elle dit avec des larmes
dans les yeux. J'ai été mauvaise, mais mon cœur
démentait en secret le vilain langage de mes lè-

vres... J'ai tellement entendu vanter aujourd'hui ta grâce et ta beauté, que j'ai cédé à un stupide mouvement d'aveugle jalousie, que je te supplie d'oublier.

Je lui ai tendu la main, puis, l'attirant près d'une glace :

— Mon enfant, lui ai-je dit, regarde à côté de tes joues roses, de tes yeux purs, ce visage pâli et ces traits fatigués ?...

— Il est certain que je suis jolie, a-t-elle repris en lissant avec modestie ses beaux cheveux blonds ; mais toi, tu es si belle !

Puis, contente de son examen, elle a voulu procéder à ma toilette... Ma femme de chambre avait oublié la coiffure... La pauvre fille était peu habituée à me parer... Mais son étourderie s'est trouvée réparée par un magnifique bouquet de fleurs sauvages que le duc Octave vient de m'envoyer.

J'ai improvisé avec cette gerbe de fleurs une cou-

ronne semblable à celle de la pauvre Ophélia de
Shakspeare.

Nous sommes enfin descendues au salon. Il y
avait du monde, mais au milieu de cette cohue,
je n'ai guère aperçu que le jeune Octave, mis avec
une réelle élégance; j'ai fait avec lui le tour des
salons, mais bientôt, fatiguée de l'éclat des lu-
mières! j'ai fait apporter mon burnous, désirant faire
une promenade dans le parc, splendidement éclairé
par une lune admirable. Nous sommes sortis ensemble. La journée avait été accablante; la soirée,
toute tiède ressemblait beaucoup à une soirée que
j'ai aimée... Quelques étoiles brillaient, radieuses à
l'horizon, sur le fond sombre du ciel. — Il y avait
quelque chose de si *vivant* dans l'air, que je ne pus
pas me décider à abandonner ce spectacle. —
Octave ni moi nous n'échangions aucune parole,
mais je me sentais en parfaite harmonie avec lui,
et il ne gênait en rien ma rêverie. J'aurais demeuré
là longtemps, si Marie ne fût venue me chercher.
Elle était contrariée de me voir abandonner sa fête,

et elle a fait tomber sa mauvaise humeur sur Octave.

— Viens, m'a-t-elle dit, je veux que tu danses, je veux que l'on t'admire... Laissons ce rêveur conter aux étoiles ses mystérieuses amours... Allons vivre, nous qui sommes *humaines* et qui ne cherchons point au delà du monde réel nos espérances et notre bonheur.

Là-dessus, elle m'a entraînée, et après quelques heures passées au milieu de ce tumulte, je me suis retirée chez moi vraiment accablée de fatigue.

A MADELEINE

Pauvres heures enfuies, mais dont la mémoire m'était chère, vous n'étiez que mensonge !... Madeleine vous renie, et je dois maudire jusqu'à votre pensée !...

Quoi ! rien ne devait rester de ces paroles que je croyais éternelles ?... Quoi ! pas même leur souvenir ?...

Ce passé, ce monde d'autrefois où mon âme aimait à se réfugier loin des fatigues des jours pré-

sents, loin des ténèbres de l'avenir, tout cela est
détruit, et je vous perds, Madeleine, je vous perds
pour la seconde fois !

Bien souvent, au milieu du silence des nuits, j'ai
entrevu dans mes rêves un pays enchanté. Je me
promenais sur de belles allées de mousse et sous le
feuillage mystérieux des grands arbres. Mais j'aimais surtout à m'asseoir auprès d'une fontaine
abritée par un rocher d'où pendaient de grands fes-
tons de lierre. Hélas ! je la croyais à l'abri de toute
atteinte, cette pauvre source, si bien cachée, où, à
travers la brume, je voyais flotter doucement votre
image. — Mais vous êtes venue, — et vous avez
troublé ce pur miroir ; en vain mes yeux vous y
cherchent encore, je ne retrouve que des visions confuses dans cette eau troublée et frémissante.

Quel triste plaisir trouvez-vous ainsi à tout renier !...

Que votre âme est défaillante ! quelle anxiété que
là vôtre ! quel désordre ! quelle amertume !

Ce n'est pas ainsi, Madeleine, qu'on rencontre ce

11.

que vous semblez désirer si ardemment. L'amour, comme le bonheur, ne visite que les âmes recueillies, il ne souffre point qu'on le violente. Il veut, au contraire, qu'on s'accommode doucement à sa volonté. Que vous êtes loin de cette résignation ! Au lieu d'attendre, vous vous levez... vous courez çà et là, votre lampe à la main ; elle s'éteint, et vous criez : Ténèbres !...

Vous vous trompez encore quand vous vous obstinez à chercher ici-bas quelque chose de parfait... L'amour même en est bien loin, et il n'est point de plus funeste danger que de se créer un type exagéré de bonheur. Malgré soi, on le poursuit dans la vie ; fasciné par cette séduisante image, on cherche sans cesse ; on cherche même après avoir trouvé, et on se perd de plus en plus...

Ce dieu inconnu dont vous parlez n'a plus d'autel, et il n'a jamais eu d'adorateurs. Il est au delà ou du moins en dehors de notre nature, au lieu que l'amour s'y rattache, même par ces défauts et ces misères, par ces brusques alternatives, ces retours subits qui sont comme les aliments de son inquiète nature...

Et vous dites que vous n'avez pas aimé !... Ne criez pas, si vous voulez nier la blessure !... Oui, vous avez aimé, vous aimerez encore et vous souffrirez, car c'est le partage de ceux qui aiment. Dieu veuille que vos souffrances soient fécondes et que, semant dans les larmes, vous récoltiez dans la joie !...

Je suis revenu voir mes amis de Vénasque ; je les ai trouvés tristes et inquiets. La jeune Irène s'était blessée au pied en sautant de rocher en rocher, comme une gazelle effarouchée. J'avais apporté des livres, et par respect et affection pour mes bons hôtes, je me suis fait un devoir d'amuser la jeune captive, qui jette sur les montagnes de longs regards de convoitise. Cette enfant est singulière. Je l'ai attentivement regardée ce matin, et je l'ai trouvée d'une surprenante beauté. Elle a surtout, dans l'air du visage et dans la pose du corps, une chasteté, une grâce, une harmonie presque divines. Ses

yeux sont ceux d'un enfant confiant et heureux :
les larmes n'y laissent point de traces. Elle rit
comme je n'ai jamais entendu rire personne, c'est
quelque chose de si frais, de si argentin, que je me
plais à écouter ces doux éclats comme le chant d'un
oiseau. Elle ne ressemble en rien aux jeunes filles
que j'ai connues, qui me semblaient toutes des femmes. — Celle-ci est bien une vierge avec ses beaux
grands yeux bien ouverts et son maintien pudique.
— Sa beauté ne trouble point les sens, elle parle à
l'âme un chaste langage. Je ne saurais guère classer
son type : on l'a vu quelque part, mais on ne saurait dire où ; peut-être dans nos rêves, quand Dieu
nous en envoie de bons.

A son âge, on devait deviner en vous, sous les
voiles de la candeur, la femme près d'éclore. Votre
nature impétueuse devait colorer votre virginité,
comme on entrevoit dans une lampe d'albâtre la
lueur de la flamme cachée. Dans l'azur de vos
yeux, dans le pourpre foncé de vos lèvres, dans la
richesse de vos contours, on sentait déborder l'a-

mour, la force et la jeunesse. Irène est d'une nature
moins tourmentée. Elle sera chaste avec son enfant
sur ses genoux comme elle l'est aujourd'hui dans les
bras de sa mère... Elle ne connaîtra point, comme
vous, les tortures de la jalousie, les morsures du
soupçon, les défaillances de l'âme. On ne la verra
point courir après son idéal, mais elle l'attendra
paisiblement dans la paix de son cœur... Elle n'aura
qu'un seul amour, cette vierge, et celui qui la bai-
sera au front sera, je le jure, saintement aimé !...
On peut hardiment, les yeux fermés, lui remettre
le soin de son bonheur : elle ne le troublera point,
elle ne s'agitera pas comme hors d'elle-même : elle
ne tendra point vers le ciel des mains désespérées...
mais elle sera recueillie, attentive, et s'appellera
Dévouement et Résignation.

Heureuses sont les âmes que la paix habite : elles
répandent autour d'elles une salutaire influence qui
apaise lentement les vagues de notre esprit et les
dissipe. La Vierge, avec ses yeux limpides et son
naïf sourire, vous fait rêver de joies divines et im-

matérielles. La pensée même la plus audacieuse ne pourrait effleurer ce blanc vêtement d'une curiosité profane... On vit près d'elle comme près d'un bel ange qui va vour raconter du ciel les sereines beautés. On oublie la terre et ses joies mauvaises et ses tristes amours !

Adieu, Madeleine ; j'ai bien souffert pour vous et par vous... car je vous ai aimée comme on n'aime qu'une fois. Je vous avais donné mon cœur tout entier, et lorsque j'ai voulu le reprendre, je n'ai retiré que des lambeaux sanglants et inanimés.

Vous auriez à me rendre un compte sévère. Mais j'ai trop souffert pour ne pas être généreux. Madeleine, donnez-moi la main, je vous pardonne, moi ; mais quelqu'un reste entre nous, qui sera impitoyable à me venger : le Temps !...

MADELEINE A GEORGE

Oui, c'est bien vrai que je suis une folle... que je m'épuise en vains efforts pour atteindre une ardente chimère... qu'à cette course insensée, mon intelligence s'use, ma beauté se perd, mes facultés s'éteignent... que ma jeunesse stérile prépare à mon âge mûr une solitude désespérée ; mais que puis-je contre mes passions ?... elles sont maîtresses chez moi ; j'ai beau crier, elles me dominent, elles m'emportent, elles me jettent dans leurs orageux chemins !

Je suis née avec deux sentiments égaux en force,

Le premier est l'amour de l'indépendance, le second un immense désir de bonheur. Avec ces deux
éléments, homme, j'aurais soulevé le monde; femme,
je n'ai réussi qu'à briser mon bonheur de mes propres mains.

George, vous m'en voulez, je le sens; l'affaisse-
ment momentané qui succède toujours à une passion, vous fait croire que votre cœur est mort désormais; vous m'accusez d'avoir éteint cette flamme,
et tandis que vous désespérez de voir ses dernières
lueurs disparaître, vous ne voyez pas se lever à
l'horizon une pâle clarté qui me semble être l'aurore
d'un nouvel amour...

Dites, si vous l'osez, que je me trompe ! Dites
que vous n'aimez point cette fille aux regards pudi-
ques plus que jamais vous ne m'avez aimée... Est-
ce moi que l'on peut abuser de la sorte ?... Si vous
me pardonnez, homme plein d'orgueil, c'est que
vous vous sentez coupable; c'est que vous êtes
honteux vous-même de la fragilité de vos impressions !...

Les voilà donc, ces amours superbes que vous élevez si haut !... Avec quel mépris vous contempliez les pauvres cœurs incertains, les âmes chancelantes !... L'amour est fort, disiez-vous, l'amour est éternel. Dans les natures vigoureuses, il prend de si profondes racines qu'il faut briser le cœur pour le détruire... Fi de ces âmes banales qui tiennent leurs portes ouvertes et qui, avides d'émotions, vont guettant sans cesse de nouvelles amours ! — L'amour est unique, — personne ne peut le méconnaître. — Il est grave, — il est sévère, — il a reçu à sa naissance un baptême de larmes ; lorsqu'il s'empare du cœur d'un homme fort, c'est sa vie dont il a pris possession ; la trahison, l'absence, les événements les plus contraires ne sauraient lui ôter sa place !

O absurdité humaine !... un œil bleu, une boucle blonde, ont fait évanouir ces principes austères. Le philosophe n'est plus qu'un écolier, l'homme au cœur profond, qu'un enfant mobile qu'une vierge fera rougir !... Il jurera tout à l'heure

qu'il n'a jamais aimé, parce que l'amour est im-
mortel, et parce que le sien est mort dans son âme
débile... Ah ! traître, c'est avec ces mêmes lèvres
trompeuses que tu vas lui prendre sa vie !... Je voudrais que sa chasteté y reconnût les baisers que j'y
ai laissés !...

Mon Dieu, préserve-moi !... Mon Dieu, sauve
moi !... Me voici à genoux, baignant de pleurs tes
pieds sacrés, comme la Madeleine !... Pourquoi
m'as-tu donné, ô Seigneur, cette soif effrénée d'impérissables amours ?... Pourquoi ai-je en moi ce
terrible idéal dont je ne puis retrouver l'image ? car
je l'ai vu, je l'ai aimé, je sens encore les frissons
de ses caresses, j'entends les harmonies de sa
voix... Il me poursuit dans mes veilles, il oppresse
mon sommeil, il le peuple de visions. Pourquoi me
l'as-tu repris, Dieu juste ! ce bien-aimé que mon
âme rappelle ? Dans quel monde mystérieux ai-je
entrevu cette forme parfaite dont le souvenir me
trouble et vers laquelle je tends les bras !... Quels
fleuves faut-il traverser ? quelles cimes dois-je at-

teindre pour te retrouver, ô image céleste que j'ai
au fond du cœur ?...

C'était lui, c'était lui la cause de mes tristesses,
de mes accablements, de mes défaillances !... C'é-
taient ses caresses que je cherchais dans vos bras...
c'était son amour que je demandais au vôtre, et
que je m'irritais de ne pas retrouver !...

Quelquefois pourtant, lorsque je regardais votre
beau visage pâli par l'étude, vos yeux fatigués par
la pensée, je me disais dans un secret élan : *C'est
lui !* Mais, hélas ! bientôt cette fugitive ressemblance
disparaissait, et je ne voyais plus en vous que
l'homme à la vie duquel j'avais attaché mon existence, et qui, abusant des droits que lui avait donnés un moment d'erreur, me volait les trésors de
mon bien-aimé. Qu'importe que j'aie déjà possédé
mon idéal ou que je doive le trouver un jour ?...
Que j'aie pressenti ou que je me souvienne, je n'en
suis pas moins la plus désolée des créatures humaines... Oh ! si j'avais pu arracher de mon faible
cœur toutes ces trompeuses images... toutes ces

fausses idées d'une perfection irréalisable !... Si j'avais seulement pu me croire *aimée*... car c'est l'amour que j'aime, c'est l'amour vers lequel je tends des mains suppliantes ! mais il s'est détourné de mon chemin, il m'a laissée seule.

Dites-moi comment il se fait que jeune, belle (je l'étais), aimante, je n'ai pu encore inspirer que ces légers caprices dont l'aveu seul déshonore une femme?... Je sais que vous me répondrez que vous m'avez ardemment aimée ! Pauvre George !... comme je savais mieux que vous quels sentiments remplissaient votre âme ! Il y avait de la tendresse, de l'affection, de la curiosité, de l'entraînement, puis une douce habitude ; mais vous n'éprouviez point d'amour...

Il m'est souvent arrivé de blesser par d'injustes paroles votre cœur, ou d'exciter votre jalousie. Savez-vous pourquoi ? c'était afin d'analyser les impressions que vous éprouveriez, et afin de savoir si de vos souffrances ne jaillirait point le cri suprême de cet amour que j'attendais.

Mais mon attente a été vaine. Vous n'avez rien su de mes luttes, de mes désespoirs. Vous aimiez mieux les attribuer à un caprice de femme nerveuse que d'en chercher la cause morale. Et lorsque, après plusieurs années passées ainsi, le visage calme, mais le cœur ému, j'ai tenté cette dernière épreuve de vous redemander ma liberté, vous m'avez quittée avec une tristesse banale et résignée qui a bouleversé tout mon être... Ah! George!... j'avais espéré que dans cette émotion soudaine vos lèvres se descelleraient et que j'entendrais enfin retentir dans mon âme avide ce mot révélateur... Comme je serais tombée à tes genoux! comme j'aurais baigné tes chères mains de douces larmes! comme j'eusse été folle dans ma joie!... comme j'eusse chanté: « Réjouissez-vous avec moi, fille de Jérusalem, car j'ai retrouvé mon bien-aimé!... »

Adieu, George. Je ne vous en veux pas de n'avoir pas su aimer votre pauvre Madeleine. Aux hommes préoccupés de grandeurs humaines, il faut de tranquilles amours... Vous avez bien le temps, en vérité, de déchiffrer cette énigme !... Vous méditez longuement sur les hommes, vous vous penchez sur l'océan populaire pour en écouter les rumeurs, vous êtes attentif aux misères de la terre, et je voulais que vous pussiez lire dans ce cœur mécontent !... Il est vrai que peut-être vous y eussiez trouvé le bonheur, mais pour les ambitieux ne vaut-il pas mieux la gloire !...

Cette belle Irène ne sera pas jalouse. Elle ne se lèvera point d'un pied furtif, la nuit, pour éteindre votre lampe et brûler vos papiers. Elle s'assoira tranquillement dans votre cœur et se rangera pour faire place à l'ambition.

O mon Dieu ! que je voudrais être aimée uniquement !... Si cet amour pouvait naître dans le cœur d'un homme disgracié de la nature, fût-il Caliban ou Quasimodo, je l'accepterais avec reconnaissance ! Est-ce bien vrai cela ? Hélas ! non, car j'ai le culte passionné de la forme et je ne voudrais pas d'un amant aux grosses mains, fût-il le plus amoureux des hommes.

Adieu. Je quitte Notre-Dame-des-Prés : la solitude et le désœuvrement sont mauvais à mon âge,
mais j'ai horreur du travail. Il m'a toujours semblé
une lourde punition que mes forfaits ne méritaient
pas... C'est déjà un avant-goût du ciel que de rester
nonchalamment couchée à voir passer sa vie.

Où vais-je? je ne le sais! Je vais tâcher *de croire,
d'espérer et d'aimer.*

MADAME MARIE D'HAUTERIVE A GEORGE

Madeleine vous dit-elle qu'elle part pour l'Italie avec Octave

GEORGE A MADELEINE

Il y a deux sortes de pudeurs : celle du corps et celle de l'âme. Vous qui voilez si soigneusement vos épaules et vos bras de neige, pourquoi étalez-vous avec le cynisme le plus inouï les plaies de votre âme malade? Savez-vous ce que disent vos phrases passionnées, vos colères amères?... Elles crient que votre cœur est impuissant, et qu'une imagination ardente, centuplée par la plus énervante oisiveté, lui prête seule des désirs sans nom. Elles disent que votre tête brûle au feu de ses propres paroles, mais que ce cœur si avide d'amour n'est qu'un froid égoïste incapable de vrai dévouement et de passion sincère.

Oh! je vous connais bien, Madeleine!... Vous avez une admirable beauté, une intelligence d'élite... mais vous possédez aussi une de ces natures impétueuses et absorbantes qui veulent tout étreindre pour tout consumer, et qui sèment le désordre sur leur passage. Vous êtes dévorée plus que le plus ambitieux des hommes de la soif de régner, non pour le plaisir vulgaire d'imposer vos volontés, mais afin de constater votre puissance. Ce n'est pas un amant, un protecteur, un ami qu'il vous faut, c'est un esclave. Mais comme au milieu de toute cette déraison, il vous reste encore un sens juste des choses vraies, vous mépriseriez l'homme qu'un fol amour de vous-même conduirait à l'oubli de sa propre dignité. Vos douleurs me paraissent être comme les vapeurs de votre oisiveté, car le travail que vous méconnaissez a cela de bon, qu'il chasse les molles pensées et débarrasse la tête et le cœur de tous ces mauvais esprits que la nonchalance, en laissant la porte ouverte, fait pénétrer avec elle. Il semble que nous trouvons à fatiguer notre esprit et notre corps une douloureuse jouissance, et que le travail, par une chose étrange, ait été donné à l'homme à la fois comme punition et comme récompense.

Désormais vous me permettrez de cesser une correspondance que votre nouvelle position rend inutile, car j'aime à croire que vous ne me prendriez pas pour confident de votre bonheur. Cet état perplexe dans lequel était votre âme m'indiquait assez, du reste, qu'un nouveau sentiment l'agitait. Je ne vous ferai pas de reproches de votre manque de sincérité à mon égard ; je ne vous étais rien, je n'avais donc nul droit à votre confiance.

Je m'étais promis en commençant ma lettre de vous laisser ignorer que je savais votre départ pour l'Italie, et que je connaissais dans quelles conditions il se faisait... mais je n'ai pu complétement renfermer mes sentiments dans mon âme. Je ne vous dirai pas que je souffre, que je vous pleure, que je vous aimais, que jusqu'à ce jour je vous attendais à toute heure, non, ces choses-là sont fausses, mais il est bien vrai que je suis profondément humilié... Quoi! pas même six mois entre nous deux !... Il ne vous restait donc rien dans le cœur!... Vous étiez bien pressée d'aimer... mais vous trouverez votre châtiment dans votre faute même. L'isolement vous atteindra, car, je le sens et vous le sentez aussi, vous ne *l'aimerez* pas longtemps. Il est jeune, il est beau, il vous adore : c'est l'amour de cet enfant que vous aimez, mais votre cœur n'est point ému... Vous vous demandez avec rage pourquoi vous ne pâlissez pas comme lui, pourquoi vous n'é-prouvez pas ce qu'il éprouve; pourquoi, lorsque vous lui abandonnez votre main, vous ne sentez plus ces émotions divines qui lui font oublier la terre à vos pieds!... Pourquoi? parce que votre âme a tout dévoré, tout ressenti d'avance, tout épuisé... Parce que vous voudriez les émotions d'un cœur vierge et que le vôtre ne l'est plus.

Bientôt cet amour auquel vous vous êtes si légèrement livrée vous importunera. Vous fuirez loin de
lui, mais son souvenir restera comme un remords,
car vous aurez troublé pour la vie une âme pure et
sincère. Malheur à la femme qui abuse de sa beauté,
de son intelligence ! Elle passe comme un fléau sur
le monde, son âge mûr est sans respect, sa vieillesse est isolée!...

Lorsque vos beaux cheveux auront blanchi, lorsque l'azur de vos yeux sera terni par les larmes,
que vos joues seront creusées et votre corps parfait
amaigri... dites-moi, qui reconnaîtra alors Madeleine?... Ceux qui l'auront aimée lui crieront :
« Va-t'en, spectre menteur, tu n'es pas notre jeune
maîtresse. Où est cette grâce ? où est cette beauté,
ce divin sourire qui nous enivraient? » Et, voilant
alors votre visage de vos cheveux blancs, que nul
ne respectera, vous vous enfuirez épouvantée...

Si vous aviez donné votre vie à un seul, la vieillesse eût pu vous prendre dans ses bras glacés et
vous marquer au front, vous eussiez été éternelle-

12.

ment aimée... éternellement belle... Il eût toujours vu en vous l'éclat de sa jeunesse, la poésie de ses souvenirs; le doux fantôme de vos belles et sereines amours vous aurait accompagnés à la tombe, et vous auriez pu envisager sans effroi cette sombre demeure, puisqu'elle vous eût abrités tous les deux.

Mais, allez, allez, femme imprudente! ma voix ne peut déjà plus vous arrêter sur ce chemin où vous courez si follement. Je ne peux que former ici un terrible, mais sincère désir : c'est que la mort vous prenne dans votre beauté et vous délivre des dégoûts de la décrépitude et des épouvantements de la vieillesse.

MADELEINE A OCTAVE

D'une petite ville d'Italie.

Je vous défends de me suivre... Retournez chez
vous ou prenez une autre direction... Vous connaissez mon itinéraire, évitez les villes où je dois
m'arrêter. Je ne veux plus que mes yeux tombent
sur votre pâle visage.

Qu'ai-je fait ?... Est-ce que je vous aimais, moi ?...
Qui vous avait donné le droit de me parler de votre
amour, de me faire y croire ?... Vous avez été bien
audacieux, et moi bien coupable !

Vous ne comprenez donc rien? Vous n'avez donc pas lu dans mon âme? Vous ne savez donc pas le mal dont je me meurs?... Fou! qui croyait que je l'aimais, parce que je me laissais bercer par ses mots de feu, parce que je lui abandonnais mes mains tièdes encore des lèvres d'un autre!... Ah! vous n'avez rien compris, rien deviné, vous qui m'aimez pourtant!

Par quelle fatalité étrange en suis-je venue, moi qui ai horreur des lèvres menteuses, à me tromper moi-même? Dans quel but ai-je joué vis-à-vis de ma propre personne cette épouvantable comédie? Pourquoi, lorsque vous me demandiez mon amour, ne vous ai-je pas tendu ma main, en vous disant, dans la sincérité de mon cœur : « J'aime. »

Écoutez-moi. Je vous dois une explication ; je ne sais si elle sera claire ; mais que votre intelligence suppléa à ce qu'elle aura de décousu.

Il y a deux ans, je rencontrai George... Dès ce jour, l'amour le plus ardent s'empara de moi...

Mais une jalousie inouïe, une défiance sans excuse
pénétrèrent avec cette passion dans mon âme. Je
l'aimais à donner mille fois ma vie pour lui, mais
je l'aimais avec tant d'âpreté, que mon amour per-
dit en charme ce qu'il gagnait tous les jours en
profondeur. Je mis autant de soin à lui cacher l'é-
tat de mon âme que si j'eusse été coupable. Je
riais de l'amour, je feignais l'indifférence alors que
mon cœur était impuissant à contenir tant de tendresse. Je sentais que si jamais ce secret s'échappait de mes lèvres, c'était fini de mon individualité
et que j'allais être absorbée par cette âme dont je
n'étais pas sûre. Je lui fis subir mille épreuves qui
amenèrent le même résultat. George m'aimait, je
n'en pouvais douter. Mais que son amour était loin
de ressembler au mien !... Toujours calme, toujours
grave, il opposait à mes emportements une sérénité
que je maudissais comme la preuve de son indifférence. Sa jalousie, que je me plaisais à exciter dans
mes mauvais jours, avait une forme froide et sar-
donique qui faisait bouillonner mon sang dans mes

veines. Souvent, imposant silence à mes soupçons,
je l'entourais d'amour, de tendresse calme et recueillie, mais bientôt ma folle nature reprenait le
dessus, et j'imaginais des querelles sans nom et
sans motif. Enfin, je m'appliquais à le rendre malheureux comme si je ne l'eusse point adoré, cherchant sur son front un signe d'impatience, sur ses
lèvres une parole amère pour m'en faire une arme
contre lui. — Un an s'écoula ainsi. — Nous eûmes
de beaux jours, mais ils étaient rares, troublés sans
cesse par mes changements soudains et par mes
caprices inexplicables. George avait fini par croire
que mon amour était mort de lassitude. Au lieu de
le détromper, je l'encourageais méchamment dans
cette idée, et je prenais plaisir alors à voir son visage
s'attrister. Vous raconter les joies immenses que
me causaient sa douleur serait impossible. Si j'avais
pu le faire pleurer, j'aurais avec une joie sauvage
contemplé ses larmes... Je déchirais ses meilleurs
vers, je brûlais ses papiers, je cachais ses livres fa-
voris, je ne voulais que moi seule dans cette âme

profonde, et je m'épuisais dans une lutte constante et soutenue. Souvent, le soir, je riais de mes tristesses du matin, et je défiais le sort de m'y faire retomber, car le cœur est ainsi fait : il passe sans transition d'un excès d'abattement à un excès de confiance, et chancelle, comme un homme ivre, d'un extrême à l'autre. Un jour que j'entrais dans sa chambre, mes yeux furent frappés par un papier blanc tombé à terre. Je m'en emparai vivement : c'était une lettre décachetée et d'une écriture féminine. Sans doute, il l'avait laissée tomber par mégarde. Je portai la main à mon front, j'y sentis perler des gouttes de sueur. Le spectre du passé se levait subitement dans mon âme... Qu'allait-elle m'apprendre, cette lettre accusatrice ?

Je la retournai en tous sens : j'examinai curieusement sa forme, l'écriture élégante de l'adresse. Je n'osais l'ouvrir. Je la posai sur la table ; elle me brûlait les doigts... Puis je la repris et l'ouvris brusquement. Mais la pensée que j'allais peut-être détruire à jamais mon bonheur me retint. Je rejetai

loin de moi la lettre tentatrice et me mis à pleurer...
Je ne pouvais détacher mes regards de ce misérable
chiffon, qui, tout ouvert et pour ainsi dire béant devant moi, m'attirait comme l'abîme. Il me fallait
toute la force de ma volonté pour résister à cette
attraction terrible. Oh! j'en appelle à tous ceux que
la jalousie ou le soupçon dévorent! Ils connaissent
cette lutte désolante qui, peu à peu, use nos forces,
cette perplexité qui épuise les plus fiers courages,
ces irrésistibles impatiences qui nous poussent à re-
chercher une certitude cruelle avec une âpreté que
nous ne mettons pas à poursuivre le bonheur. La
lutte fut longue, mais le mauvaise génie l'emporta
et je finis par lire, les yeux à moitié perdus, avec
d'inexprimables sensations d'angoisse, la lettre toute
maternelle d'une veille amie de George.

Qui de nous n'a éprouvé, lorsqu'il aime, combien
il en coûte souvent pour faire certaines choses en
apparence simples et faciles? C'est que l'amour n'a
point, pour comparer l'importance des événements,
la même mesure que l'histoire. Tantôt il érige des

bagatelles en grandes choses ; tantôt il rabaisse des
actes héroïques au niveau des actions simples ou
vulgaires, se moquant sans cesse de la règle établie
et tournant le cœur de l'homme comme il lui plaît.

Il y a de cela six mois, à bout de torturer ce
cœur et de me torturer moi-même, sans être parvenue à savoir si j'étais aimée, un soir, j'imaginai
une fausse confidence et dis à George, en lui prenant les mains, que son amour commençait à me
lasser... que nous ne nous aimions pas comme je
l'aurais désiré... « Je sens que mon cœur est mort,
lui dis-je, il reprendra peut-être sa vie dans un nouvel amour. — Quittons-nous. » George devint pâle,
il me tendit les bras ; il cria : « Madeleine !... »
Oh ! que mon nom fut bien dit !... Je faillis tomber
à ses genoux ; mais, avide de pareilles jouissances,
je voulus prolonger son trouble.

Eh bien ! quoi ! repris-je, mais c'est la chose du
monde la plus simple que je vous propose. Nous
nous sommes aimés, nous ne nous aimons plus.
Trop franche pour dissimuler, je vous le dis ; ayons

assez de goût l'un et l'autre pour nous éviter les récriminations et les injures. »

Cela fut dit sérieusement.

George se leva, me tendit la main, et me dit d'une voix émue :

— Pensez-vous ce que vous venez de dire, Madeleine, ou est-ce un jeu cruel ?

— Je le pense, répondis-je, sans accepter sa main.

— Quoi ! vous ne m'aimez plus !... Mais, mon Dieu ! Madeleine, moi je vous aime plus que jamais !...

— Faut-il que je vous éclaire sur l'état de votre cœur ? repris-je en riant d'un rire forcé. Eh bien ! vous ne m'aimez pas !... Vous vous êtes habitué à cette vie à deux : elle a du charme, elle repose votre cœur qui a besoin d'affections, et qui n'aime pas à s'inquiéter du lendemain... Vous vous êtes déjà posé avec effroi cette question : *Où trouverai-je une autre maîtresse ?*... Que de temps perdu à plaire, à chercher à s'entendre ! Celle-là était un peu fantasque, mais sa beauté et son intelligence plaisaient à mes yeux et à mon esprit... Au-dessus des lois de ce monde, maîtresse de sa destinée, elle pouvait associer sa vie à la mienne sans entraves... Je ne lui demandais pas de sacrifices, elle n'en exigeait aucun...

— Arrêtez! Madeleine! s'écria George, ne blasphémez plus, et puisque vous êtes assez malheureuse pour douter de moi-même, je vous plains... A quoi croirez-vous, bon Dieu!

— Je croirai à votre amitié, lui dis-je, si vous voulez me l'accorder.

George me prit les deux mains et m'attira vers lui.

— Mon enfant chérie, que vous ai-je fait, me dit-il?

Je fus outrée de son calme. Il est évident qu'il prenait toute cette petite scène pour une bravade de ma part, et qu'il pensait que ma mauvaise humeur ne tiendrait pas contre quelques caresses.

— Vous ne m'avez rien fait, repris-je. Je suis fatiguée de demander à mon cœur plus qu'il ne peut donner. Je suis trop fière pour accepter plus long-temps ce rôle. Séparons-nous... Oublions que nous avons été de mauvais amants et devenez mon ami... Partez. Quittez-moi demain matin... Ne m'écrivez que dans deux mois... Ne me parlez jamais du passé et... adieu !

Je m'enfuis comme une folle dans ma chambre. Je tirai les verrous, et, me jetant au pied de mon lit, je versai d'abondantes larmes...

Le lendemain, lorsque le jour parut, je sortis de ma chambre et courus dans le pavillon du jardin qu'habitait George. Il était parti en me laissant une lettre où toute sa belle âme se peignait.

Une voix me criait de courir après lui, d'aller effacer par mes baisers et mes larmes le mal que j'avais fait. Je sentais qu'il n'était pas trop tard et que ce cœur clément me pardonnerait d'avoir péché par trop d'amour.

Mais mes mauvaises passions me retinrent... S'il

t'aime, il reviendra, me dirent-elles... Sais-tu s'il
ne désirait point cette liberté que tu as cru seule
reprendre et que peut-être tu lui as rendue? Laisse-
le agir. Tu vas maintenant le juger... Si tu allais te
jeter à ses pieds, lui avouer tes incertitudes passionnées, il serait sûr de ton cœur; mais toi, imprudente qui te serais livrée, connaîtrais-tu le
sien?

Ce sont ces perfides pensées qui m'égarèrent.
— J'attendis deux mois la première lettre de
George. Elle était calme, elle était tendre, mais ce
n'est pas ainsi que je l'aurais voulue. Ah! s'il m'a-
vait vraiment aimée, cet homme au cœur fier,
comme il aurait bravé ma défense, comme il aurait
franchi tous les obstacles pour venir me prendre
dans ses bras, me serrer sur son sein et me dire :
« Tu es à moi, aucune puissance humaine, pas
même la tienne, ne peuvent désormais nous désunir. Je t'aime comme un fou, mais comme un
maître... Je ne veux plus de tristesses, plus de
larmes... Réfugie-toi dans mon amour, il te proté-

gera, il te donnera le bonheur que tu n'as pas su trouver.

Hélas! hélas! ses lettres étaient tendres, bonnes, ressemblaient à mon George, mais je n'y voyais point luire cet éclair révélateur qu'au risque de la foudre j'aurais voulu apercevoir... J'ai provoqué sa jalousie, j'ai renié mon amour passé, je me suis faite à plaisir sensuelle, coquette, enthousiaste, mais George n'a pas parlé!... Ah! je le sens bien maintenant, il est perdu pour moi!... Une chaste fille au cœur pur et tranquille, belle comme les anges, l'aime d'un amour idéal... Il sera heureux. Et c'est moi, moi qui l'aurai poussé dans les bras de cette femme! Ce sont mes mains qui auront détruit mon bonheur!...

Vous souvenez-vous, Octave, de la rapidité fiévreuse avec laquelle je résolus mon départ pour l'Italie? George venait de m'écrire, et j'avais compris que désormais je n'avais plus qu'à m'enfuir au bout du monde... Il aimait cette Irène ; je le sentis aux battements précipités de mon cœur, à mon

trouble, à la poignante jalousie qui soudain s'éleva
dans mon âme... Nous partîmes, et je volais comme
un trait à Florence où Irène venait d'arriver. Je
voulais contempler, avant de me laisser mourir,
cette heureuse fille. Ciel! qu'elle me parut belle!
Que la pureté, le calme, la confiance embellissent
singulièrement une femme! Elle passa près de moi
à l'église, sa robe effleura la mienne. Je faillis
m'évanouir... Par un de ces brusques revirements
fréquents dans ma nature, j'aurais voulu embrasser
cette jeune créature, que l'instant d'auparavant j'aurais jetée sans remords dans le fond d'un ravin... Je
sentais mes yeux se remplir de larmes; mon émotion fut si grande que je quittai l'église en chancelant. Vous savez dans quel état je revins à l'hôtel ..
On attribua cela à la chaleur du jour et à la fatigue
du voyage, à une surexcitation nerveuse, et aucun
de vous ne s'étonna... Une heure plus tard, le courrier de France apportait des nouvelles de George.
Il me croyait coupable... et sa lettre, sombre et
menaçante, débordant d'amertume, fit passer dans

mon âme toutes les joies du ciel... Il n'était pas
question d'Irène... Il l'avait oubliée pour sa pauvre
Madeleine... pour lui jeter le dernier mot de reproche, le dernier cri du cœur... J'étais absorbée dans
ces idées nouvelles, la nuit était venue sans que je
m'en fusse doutée, et je ne vous entendis pas entrer
dans ma chambre. Je crois que vous vous assîtes à
mes pieds et que vous parlâtes longtemps. Je ne
sais pas ce que vous me disiez, car je regardais les
étoiles qui me parlaient de lui et me contaient leurs
amours. Les âcres senteurs des plantes, la molle et
chaude atmosphère, les bourdonnements des in-
sectes, ces murmures incertains qui flottent entre
le silence et le bruit, ce vague de la nature, les
larmes que j'avais versées, tout contribua à troubler mon âme. C'était le rêve sans le sommeil.
C'était ce moment figuré par le démon du midi dont
parle l'Écriture, et qui rôde pour trouver sa proie.
Mon ardente pensée avait quitté l'Italie et se reposait en France sous des ombrages parfumés... J'écoutais George... je le voyais... Il me tenait dans ses

bras; sa voix tant aimée me disait ces mots graves et passionnés que j'avais rêvé d'entendre... Il se mettait à mes genoux et me couvrait de baisers et de larmes... Tout à coup je jetai un cri, je me trouvais dans vos bras... vos lèvres avaient touché les miennes. Que m'aviez-vous dit? que vous avais-je répondu pour autoriser un semblable crime?... Savez-vous de quelle hauteur vous m'avez fait retomber sur la terre? Ah! malheureux enfant, vous m'avez perdue!... Mais non... non.. dites-moi que c'était un rêve... que c'était bien sa tête chérie que je serrais sur mon cœur... Dites-moi que c'était lui, que ce n'était pas vous!... Oh! mon Dieu, comprenez-vous maintenant ce que vous avez fait? Pourquoi ne m'avez-vous pas tuée, puisque vous m'aviez pris mon bonheur?...

Oh! que je voudrais, au prix de toutes mes larmes, racheter ce funeste moment! Voilà donc où devait me conduire ce fol orgueil, cette sombre défiance, cette soif insensée d'un amour impossible! Oh! mon âme, humilie-toi! tu n'as plus le

13.

droit d'être fière, tu peux désormais devenir la
proie du premier venu !...

Je ne suis plus digne de lui... et ne suis pas
digne de vous. Le ciel a voulu me punir de ma folle
témérité ; après avoir perdu George par ma faute,
je devais aller me jeter à ses pieds, implorer son
pardon, devenir sa servante. — Mais j'ai voulu
jouer avec l'amour. J'étais si forte et si hautaine !
Je ne redoutais rien des entraînements des sens...
ils me semblaient le partage d'une nature vulgaire ;
je n'avais rien à craindre d'eux ! Je l'avoue à ma
honte, car cette confession est sincère en tous points :
je ne vous aimais pas ; mais j'aimais votre amour.
Je vous faisais souffrir comme je souffrais près de
George, et j'éprouvais une douloureuse jouissance à
rappeler mes souffrances par l'intensité des vôtres.
J'ai commis, en m'emparant de votre âme, un
crime moral dont je suis déjà punie. — J'ai peut-
être bouleversé à jamais votre existence, mais la
mienne est aussi perdue sans retour.

Pour moi, je renonce à cette lutte acharnée après

le bonheur... Je ne le mérite plus. J'ai bien souffert depuis quelques mois; ces derniers jours ont comblé la mesure : il ne me manquait plus, pour dernière humiliation, que de faiblir moi-même.

Adieu, Octave... Je vous en veux mortellement, et pourtant je vous supplie de me pardonner, car vous êtes jeune, vous, vous aimez pour la première fois, et je vous ai fait verser vos premières larmes... Oh ! quel odieux tissu de faiblesses, d'amour et de force sont les femmes ! Qui de nous parviendra à nous expliquer ? Hélas ! je ne le puis moi-même, moi qui suis la plus femme d'entre nous toutes.

Je vous en conjure : que je ne vous revoie jamais ! — Votre vue me tuerait. — Je suis bien punie !... — Je fais à votre vengeance l'abandon de mon bonheur... Je passerai ma vie dans la solitude et le désespoir pour un instant d'oubli !... George sera heureux, tandis que moi je pleurerai ma faute... Qui viendra, quand je serai vieille, me tendre la main ?... Qui pourrait me parler du passé ?... — Personne. — Autour de moi la solitude que Dieu réserve comme un châtiment aux femmes qui ont éteint leur lampe avant la venue de l'époux !...

Si je vous ai écrit cette longue histoire d'un cœur jaloux, c'est qu'il est des heures troublées où nous avons besoin de mesurer par une cruelle analyse le chemin déjà parcouru et de compter les illusions enfuies — La route que j'ai suivie est la plus mauvaise, car le nombre des fautes et des châtiments est bien grand ! J'attends tout de mon repentir et de la miséricorde infinie de Dieu... Je lui remettrai bientôt, n'en doutez pas, un cœur meurtri par toutes les douleurs humaines. Celui qui a accueilli Madeleine repentante ne repoussera pas de son sein une autre pécheresse aussi coupable et aussi désolée !

MADELEINE A GEORGE

George, je suis à vos pieds !... J'ai été bien coupable, mais j'expie ma faute par le sacrifice de ma vie. — Je vous aimais ardemment, je vous aime de toute mon âme... J'ai voulu trop demander à votre cœur... Dieu ne permet pas des amours aussi absolus, car lui aussi est un Dieu jaloux... Il m'a châtiée dans mon orgueil !

Un seul mot, George, me servira de confession. Je vous aimais ardemment, mais avec une telle jalousie, une âpreté si sauvage, avec un cœur si troublé que

mon amour ressemblait à la haine. Ne me regrettez
donc pas... J'eusse détruit votre bonheur, empoi-
sonné votre existence. Je fusse allée à vos fêtes
, vous redemander mon cœur... à votre chevet, j'aurais troublé la paix de vos nuits. — Je comprends
bien maintenant que vous m'aimiez!... que votre
cœur était tout à moi et que vous étiez sincère. —
Mais un sombre démon s'acharnait après ma pauvre
tête et la remplissait d'étranges idées. — Vous
m'aimiez comme on aime une femme pure, une
compagne choisie entre toutes, l'amie que votre
cœur respecte, et j'aurais voulu, dans ma folie
aveugle, être adorée, comme ces filles dont j'entendais parfois raconter les scandaleuses amours...
Votre chaste tendresse n'était à mes yeux que de
l'indifférence ; je voulais les émotions violentes de
ces scènes odieuses où l'amant lève sur sa maîtresse une main emportée... Je voulais que votre
regard fît trembler, que votre jalousie, semblable à
la mienne, eût pour un mot bouleversé le monde.
— Je vous rendais votre liberté afin de vous forcer

à être mon maître, à vous entendre me dicter, de cette voix que chacun redoute, vos irrévocables volontés.

Mais vous étiez si bon, si tendre, si égal dans votre humeur, que je m'irritais de n'avoir point la puissance de soulever les vagues que je sentais pourtant exister dans votre âme orageuse !

Vous le voyez, j'étais folle... et mieux vaut mourir comme vous désirez que je meure, dans toute la splendeur de ma jeunesse et de ma beauté, que de traîner dans quelque demeure ma sombre vieillesse. — Votre dernier vœu sera accompli... Que je suis encore heureuse de mourir de votre main, — car c'est par votre ordre que je meurs, mon George bien-aimé.

Quoi ! dira-t-on, la pauvre Madeleine est morte !.. Oh ! ne la plaignez pas, vous qui savez aimer ; sa mort expiait une faute, elle sera pardonnée dans l'éternité !...

Je veux, oui, je veux (c'est ma dernière volonté) que vous sachiez jusqu'à quel point j'ai été coupable... Je vous envoie la copie d'une lettre écrite à un homme dont je ne prononcerai plus le nom. Vous verrez qu'il ne faut pas me regretter, que j'étais bien réellement indigne de porter un si grand amour dans le cœur, et qu'il était nécessaire de mourir.

Adieu, George ; je ne vous ferai plus d'adieux, je sens qu'ils m'attendrissent, et j'ai besoin de courage pour vous quitter. Je pleure beaucoup, allez ! — Je ne croyais pas que ce fût si difficile à une pauvre âme malheureuse de quitter ce monde... Si c'était pour aller vous rejoindre, oh ! comme je boirais cette petite fiole qui contient la mort dans son sein. Mais c'est pour vous quitter, mon bien-aimé !... — Vous n'êtes pas *là-bas*, vous ; mais vous viendrez m'y rejoindre.— Dites-vous quelquefois que je vous attends...

Si vous le pouvez, faites-moi enterrer sous les beaux ombrages de Valombreux ; — que je sois morte là où je devais vivre !...

Dites à vos enfants, car je veux que vous épousiez cette belle et jeune Irène ; dites à vos filles qu'une pauvre âme, qui les eût bien aimées, repose là.

Faites-leur, à ces chères créatures, un cœur simple ; — répétez-leur souvent que le bonheur ne visite que les âmes recueillies...

Adieu, ô mon bien-aimé !... mon cœur se gonfle, et ses mouvements se précipitent... Dans un instant, ils auront pourtant cessé pour jamais !...

Au revoir dans l'éternité, et que le Dieu d'amour et de clémence m'accorde de pouvoir réparer mes fautes par le sacrifice de ma vie. — Adieu !...

Madeleine poussa un grand cri; la fiole se brisa dans ses mains. George, pâle et terrible, était debout devant elle.

— A genoux! lui dit-il d'une voix sévère, et, avant de me demander grâce, implorez le pardon du Ciel pour le nouveau crime que vous alliez commettre... Vous avez donc oublié jusqu'aux principes de cette religion divine que votre mère pratiquait. Oh! la folle créature qui allait paraître devant Dieu sans qu'il l'eût appelée!... et qui considérait sa coupable désobéissance comme une sainte expiation!...

Madeleine était à genoux; ses beaux cheveux roulaient à terre; ses yeux, dilatés outre mesure, regardaient fixement le visage menaçant de George; ses mains, crispées par l'effroi, se joignaient par un mouvement de prière, tandis que son corps renversé et sa tête jetée en arrière trahissaient l'épouvante... Des mots sans suite s'échappaient de sa bouche entr'ouverte, dont les lèvres, pâles comme la mort, tremblaient convulsivement.

George la prit dans ses bras et la déposa sur une pauvre chaise de l'humble maisonnette dans laquelle elle s'était réfugiée...

Après l'avoir contemplée longtemps dans un morne silence, il s'éloigna d'elle vivement et alla s'accouder sur la balustrade extérieure.

Madeleine fut à lui en se traînant sur les genoux, dans sa même pose convulsive et tourmentée.

Il détourna le visage en lui faisant le geste de se retirer...

— Il valait mieux me laisser mourir, murmura-t-elle enfin d'une voix si douce qu'on eût dit un souffle.

A ces premières paroles qui sortaient de la bouche de sa maîtresse, George se retourna brusquement... Son beau visage, inondé de larmes, trahissait une lutte poignante et d'indicibles tortures...

— George... murmura-t-elle, toujours dans son

humble posture, je te vois... suis je donc déjà au ciel?

Le jeune homme crut que son cœur allait se briser... Il tendit ses bras à sa maîtresse, et tous deux poussèrent un long gémissement.

Quelques mois plus tard, le comte George ramenait Madeleine sa femme au château de Valombreux... Le pays était en fête pour recevoir les jeunes époux ; mais, après d'abondantes aumônes répandues en leur nom, ils annoncèrent leur intention formelle de vivre entièrement retirés du monde.

— Tiens, dit un jour le comte George à sa belle jeune femme, voilà les beaux arbres où tu voulais être enterrée... folle !...

Madeleine rougit.

— Mon amie, dit le comte en l'attirant sur sa
poitrine avec une grâce sérieuse, la comtesse de
B... ne doit pas rougir des erreurs de cette pauvre
créature que nous avons laissée dans un coin de
l'Italie. Tout ce que nous avons souffert l'un et
l'autre est comme noyé dans notre félicité présente.
Aie confiance et courage, je veux t'élever si haut
que les choses du passé n'apparaîtront plus dans tes
souvenirs que comme des ombres, des formes sans
nom, s'agitant au hasard dans le vide. Je veux te
presser si fortement sur mon cœur que tu te senti-
ras forte et que tu diras aux fatigues : « Je vous
attends ; » aux dangers : « Je vous défie. » Et tu
viendras à moi dans l'allégresse de ton esprit et
dans la simplicité de ton cœur... Le bonheur, cet
hôte mystérieux, habitera désormais cette calme demeure ; la paix et la sincérité de nos âmes l'y re-
tiendront toujours... Que le souvenir d'un passé
enfui à jamais ne trouble point notre sagesse !...
Enfant, dit-il en lui montrant le ciel éclatant, que
reste-t-il de la nuit quand le soleil s'est levé ?...

Madeleine s'agenouilla et pria longtemps d'une voix émue, mais les yeux brillants de bonheur ; George la contemplait avec une tendresse recueillie...

— Vous me l'avez ramenée, mais par un bien douloureux chemin, ô mon Dieu ! dit-il tout bas en jetant vers le ciel un regard humide de larmes.

FIN.

TABLE

LIBRAIRIE NOUVELLE

15, BOULEVARD DES ITALIENS.

A. BOURDILLIAT ET Cie, ÉDITEURS

COLLECTION A 1 FRANC LE VOLUME

GEORGE SAND

Mont-Revêche, 1 vol. de 350 pages...........................	1 fr.
La Filleule, 1 vol. de 320 pages.............................	1 fr.
Les Maitres Sonneurs, 1 vol. de 320 pages.................	1 fr.
La Daniella, 2 vol...	2 fr.
Adriani, 1 vol...	1 fr.
Le Diable aux champs, 1 vol................................	1 fr.

A. DE LAMARTINE

Geneviève, Histoire d'une Servante, 1 vol. de 320 pages.......	1 fr.

Mme É. DE GIRARDIN (œuvres littéraires)

Nouvelles, 1 vol. de 385 pages...............................	1 fr.
Marguerite, ou Deux Amours, 1 vol. de 320 pages.................	1 fr.
Monsieur le Marquis de Pontanges, 1 vol. de 350 pages.........	1 fr.
Poésies (complètes), 1 vol. de 570 pages.....................	1 fr.
Le Vicomte de Launay (Lettres parisiennes), avec portrait en taille douce, 3 vol...	3 fr.
La Croix de Berny, 1 vol. de 320 pages, en collaboration avec Théophile Gautier, Méry, Jules Sandeau.............................	1 fr.

FRÉDÉRIC SOULIÉ

La Lionne, 1 vol. de 364 pages..............................	1 fr.
Julie, 1 vol. de 380 pages.................................	1 fr.
Le Maitre d'école, 1 vol. de 380 pages	1 fr.
Les Drames inconnus, 5 vol......................... le vol.	1 fr.
Les Mémoires du Diable, 2 vol. de 464 pages........... le vol.	1 fr.
Le Magnétiseur, 1 vol.....................................	1 fr.

ALPHONSE KARR

Devant les tisons, 1 vol. de 560 pages......................	1 fr.
Histoires normandes, 1 vol. de 550 pages....................	1 fr.

LE DOCTEUR L. VÉRON

Cinq cent mille francs de rente, 1 vol. de 384 pages..........	1 fr.

LÉON GOZLAN

La Folle du logis, 1 vol. de 320 pages....................... 1 fr.
L'Amour des lèvres et l'Amour de cœur...................... 1 fr.

JULES SANDEAU

Un Héritage, 2 vol. de 300 pages........................... 1 fr.

PHILARÈTE CHASLES

Souvenirs d'un Médecin, 1 vol. de 320 pages................... 1 fr.
Le Vieux Médecin (pour faire suite aux Souvenirs d'un Médecin), 1 vol. 1 fr.

ALEXANDRE DUMAS FILS

Diane de Lys, 1 vol... 1 fr.
Le Roman d'une Femme, 1 vol. de 400 pages.................... 1 fr.
La Dame aux perles, 1 vol. de 400 pages..................... 1 fr.
Trois Hommes forts, 1 vol. de 320 pages...................... 1 fr.
Le Docteur Servans, 1 vol. de 300 pages...................... 1 fr.
Le Régent Mustel, 1 vol. de 350 pages.. .... 1 fr.

CHAMPFLEURY

Les Bourgeois de Molinchart, 1 vol. de 520 pages............. 1 fr.
Les Amoureux de Sainte-Périne, 1 vol....................... 1 fr.

AMÉDÉE ACHARD

La Robe de Nessus, 1 vol. de 320 pages....................... 1 fr.
Belle-Rose, 1 vol. de 560 pages.............................. 1 fr.
Les Petits-Fils de Lovelace, 1 vol. de 400 pages.............. 1 fr.
La Chasse royale, 2 vol...................................... 2 fr.
Les Rêveurs de Paris, 1 vol.................................. 1 fr.

LÉCUZON LE DUC

L'Empereur Alexandre II, avec portrait, 1 vol................ 1 fr.

JULES GÉRARD (le tueur de lions)

La Chasse au Lion, ornée de 12 magnifiques grav. par G. Doré. 1 v. 1 fr.

MÉRY

Les Damnés de l'Inde, 1 vol. de 470 pages.................... 1 fr.

PAUL JUILLERAT

Les Deux Balcons, 1 vol....................................... 1 fr.

Mme LOUISE COLLET

Quarante-cinq Lettres de Béranger, 1 vol.................... 1 fr.

GRANIER DE CASSAGNAC

La Reine des prairies, 1 vol................................. 1 fr.
Danaé, 1 vol... 1 fr.

STEPHEN DE LA MADELAINE

Le Secret d'une Renommée, 1 vol............................. 1 fr.

JULES NORIAC

Le 101e Régiment, 1 vol..................................... 1 fr.

ÉLIE BERTHET

Les Chauffeurs, 1 vol....................................... 1 fr.
La Roche tremblante, 1 vol.................................. 1 fr.
La Bastide rouge, 1 vol..................................... 1 fr.
Le Dernier Irlandais, 1 vol................................. 1 r.

KAUFFMANN

Brillat le Menuisier, 1 vol................................. 1 fr.

JULES DE LA MADELÈNE

Le Marquis des Saffras, 1 vol............................... 1 fr.

ERCKMANN - CHATRIAN

L'Illustre docteur Mathéus, 1 vol.......................... 1 fr.

R. G. DAVID et CH. VINCENT

Le Tueur de Brigands, 1 vol................................ 1 fr.

ED. OURLIAC

Les Garnaches, 1 vol....................................... 1 fr.
Suzanne, 1 vol... 1 fr.

JULES LECOMTE

Les Pontons Anglais, 2 vol...................... le vol. 1 fr.

Mme DE SURVILLE

Balzac, sa Vie et ses Œuvres, 1 vol........................... 1 fr.

J. B. BORÉDON

Gabriel et Fiammetta, 1 vol................................ 1 fr.

LÉON HILAIRE

Nouvelles Fantaisistes 1 vol............................... 1 fr.

ROGER DE BEAUVOIR

La Les-combat, 1 vol...................................... 1 fr.

WILLIAM THACKERAY

Les Mémoires d'un Valet de Pied. 1 v. (Traduit par Will. Hughes) 1 fr.

Mme JAUBERT

L'Aveugle de Fossi, 1 vol............................... 1 fr.

G. DE LA LANDELLE

Les Passagères (roman maritime), 1 vol............. .... 1 fr.

GUSTAVE CLAUDIN

Point et Virgule, 1 vol................................... 1 fr.

CARL LEDHUY

Le Capitaine d'aventures, 1 vol........................... 1 fr.

FULGENCE GIRARD

Un Corsaire sous l'Empire, 1 vol......................... 1 fr.

OUVRAGES A PRIX DIVERS

GEORGES BELL

Le Miroir de Cagliostro (Hypnotisme), 1 vol. in-18 .... 1 fr.

LOUIS JOURDAN

Les Prières de Ludovic, 1 vol............................... 1 fr.

ÉMILE DE GIRARDIN

Solution de la question d'Orient, 1 vol. in-8o................. 2 50
L'Expropriation abolie par la dette foncière consolidée, 1 v. in-8o 2 »
Unité de rente et unité d'intérêt, 1 vol. in-8o................. 2 »
Les Cinquante-deux, réunis en 11 vol. in-18 .... 6 »
L'Ornière des révolutions, 1 vol. in-8o..................... 1 »

LE PRINCE DE LA MOSKOWA

Le Siége de Valenciennes, 1 vol. in-18, avec carte............ 1 fr.

J. CRÉTINEAU-JOLY

Le Pape Clément XIV, seconde et dernière lettre au père Theiner,
1 vol. in-8o.. 3 »

LE Dr FÉLIX ROUBAUD, inspecteur des eaux minérales de Pougues (Nièvre).

La Danse des tables, phénomènes physiologiques démontrés, avec
gravure explicative, 2e édition, 1 vol. in-18................... 1 »

F. DESSERTEAUX

La Jérusalem délivrée, du Tasse, traduite en vers, octave par octave, 1 vol. in-18... 3 »

A. PEYRAT

Un Nouveau Dogme, histoire de l'immaculée Conception, 1 v. in-18. 1 »

A. MORIN

Comment l'esprit vient aux tables, 1 vol. in-18............... 1 50

UN ASTROLOGUE

La Comète et le Croissant, présages et prophéties sur la guerre
d'Orient, 1 vol. in-32...................................... » 50

J. BRUNTON

Les quarante préceptes du jeu de whist..................... 1 50

G. GOLDEMBERG, ancien représentant.

La France et l'Angleterre devant le traité de commerce,
1 vol. in-8o... 1 50
Libre Echange et Protection, 1 vol in-8o..................... 1 »

COLLECTION DE LA LIBRAIRIE NOUVELLE

À 2 fr. LE VOLUME. — FORMAT GRAND IN-18 ANGLAIS

Paris. — Imp. de la Librairie Nouvelle, A. Bourdilliat, 15, rue Breda.